지구에 대한 의무

BOOK
JOURNALISM

지구에 대한 의무

발행일 ; 제1판 제1쇄 2019년 11월 11일 제1판 제3쇄 2021년 5월 25일
지은이 ; The Guardian 역자 ; 전리오·서현주·최민우
발행인·편집인 ; 이연대 편집 ; 소희준 제작 ; 강민기
디자인 ; 유덕규 지원 ; 유지혜 고문 ; 손현우
펴낸곳 ; ㈜스리체어스 _ 서울시 중구 삼일대로 343 위워크 9층
전화 ; 02 396 6266 팩스 ; 070 8627 6266
이메일 ; hello@bookjournalism.com
홈페이지 ; www.bookjournalism.com
출판등록 ; 2014년 6월 25일 제300 2014 81호
ISBN ; 979 11 89864 84 2 03300

이 책은 영국 《가디언》이 발행한 〈The Long Read〉를 번역 및 재구성했습니다. 북저널리즘은 영국 《가디언》과 파트너십을 맺고 〈The Long Read〉를 소개합니다. 〈The Long Read〉는 기사 한 편이 단편소설 분량이라 깊이 있는 정보 습득이 가능하고, 내러티브가 풍성해 읽는 재미가 있습니다. 정치, 경제부터 패션, 테크까지 세계적인 필진들의 고유한 관점과 통찰을 전달합니다.

BOOK
JOURNALISM

지구에 대한 의무

The Guardian

: 현대적인 생활은 시간과 공간을 압축하는 것이다. 우리는 몇 시간 만에 지구를 가로지르고, 클릭 한 번으로 정보를 얻는다. 원하는 것을 언제든지 바로 얻으려면, 지구라는 행성의 본연적인 속성을 완전히 거슬러야 한다. 하나의 종으로서 인간은 스스로 파놓은 깊은 구렁 위에 매달려 있다. 우리는 자연이 보내는 경고들에 주의를 기울이지 않았다. 그 경로 위에는 구조팀이 존재하지 않는다.

차례

저자 스티븐 부라니(Stephen Buranyi)는 영국의 작가이며 면역학 분야의
전 연구원이다.
역자 최민우는 한국예술종합학교에서 서사 창작을 공부했고, 현재 소설을
쓰면서 번역을 한다. 단편집과 장편 소설을 발표했으며, 여러 종의 소설과
에세이를 번역했다.

굿바이 플라스틱

플라스틱에 대한 전 세계적 반란

플라스틱은 어디에나 있다. 그리고 우리는 갑자기 플라스틱을 아주 나쁜 것이라고 생각하기 시작했다. 최근까지만 해도 플라스틱은 온갖 곳에서 익명성을 만끽했다. 우리는 너무 많은 플라스틱에 둘러싸여 있는 나머지 플라스틱을 거의 의식하지 못했다. 자동차와 비행기 부피의 절반이 플라스틱이라는 사실을 알면 놀랄 것이다. 점점 더 많은 의류가 면이나 모직 대신 폴리에스테르와 나일론으로 제조되는데, 둘 다 플라스틱이다. 영국에서 매년 생산되는 600억 개의 티백 대부분을 봉인할 때 사용하는 소량의 접착제 또한 플라스틱이다.

플라스틱이 사용된 것을 확실히 알 수 있는 영역인 장난감, 집안 장식품, 포장재 등을 더하면 플라스틱 제국의 지배 범위가 명확해진다. 플라스틱은 현대적인 삶에서 다채롭지만 진부한 배경을 이루는 물질이다. 매해 전 세계에서 3억 4000만 톤의 플라스틱 제품이 생산된다. 뉴욕시의 고층 건물 전체를 채우고도 남는 양이다. 인류는 수십 년간 헤아릴 수 없이 많은 플라스틱을 생산해 왔다. 그 양은 1990년대 초반에 처음으로 1억 톤을 넘어섰다. 하지만 사람들은 어떤 이유에서인지 최근에서야 이 문제에 관심을 기울이기 시작했다.

그 결과 플라스틱에 대한 세계적인 반감이 일어났는데, 이 반감은 국경은 물론이고 오래된 정치적 대립도 뛰어넘는다. 2016년 영국 전역에서 미세 플라스틱 사용을 금지하자며 그린피스가 올린 청원에 불과 넉 달 동안 36만 5000명이 서명했다. 정부에 제출된 환경 관련 청원 중 가장 큰 규모였다. 미국에서 한국에 이르기까지, 플라스틱 사용에 항의하는 단체들은 플라스틱 포장재가 쓸데없이 무절제하게 사용되고 있다며 이를 슈퍼마켓 앞에 쌓아 놓았다. 2018년 초에는 성난 소비자들이 감자칩 봉지가 재활용이 되지 않는다는 사실에 항의하는 뜻으로 엄청난 수의 감자칩 포장지를 제조사에 반송하는 바람에 우편 업무가 마비되기도 했다. 찰스 왕세자가 플라스틱의 위험성에 대해 연설했고, 배우 킴 카다시안Kim Kardashian은 인스타그램에 '플라스틱 위기'에 대한 게시물을 올리면서 플라스틱 빨대를 사용하지 말자고 촉구했다.

정부 최고위층이 플라스틱 공포에 취한 조치는 자연재해 내지는 공중 보건 위기에 대한 발 빠른 대응과 유사하다. 유엔은 일회용 플라스틱과의 '전쟁'을 선포했다. 영국에서는 테레사 메이Theresa May 총리가 일회용 플라스틱을 '재앙'이라 일컬으면서 2042년까지 일회용 포장을 단계적으로 폐지하는 25년짜리 정책을 발표했다. 인도는 같은 조치를 2022년까지 취하겠다고 선언했다.

환경 보호 단체 '지구의 벗Friends of the Earth'의 활동가 줄리안 커비Julian Kirby는 "거의 20년 가까이 활동을 했지만 이런 경우는 처음 본다"고 말했다. 지구의 벗은 2016년에야 겨우 플라스틱 문제를 다루는 프로그램에 착수했다. 그린피스도 2015년까지 플라스틱 전담팀을 꾸리지 않았다. 플라스틱을 취재한 기사를 실은 최초의 신문 중 하나인《데일리 메일Daily Mail》의 한 기자는 다른 어떤 환경 문제보다 플라스틱에 대한 메일을 더 많이 받았다고 말했다. "기후 변화 메일을 매번 능가한다니까요."

그러던 중 다큐멘터리 〈블루 플래닛Blue Planet 2〉가 등장한다. 2017년 12월에 방송된 마지막 화에서는 플라스틱이 해양 생물에 끼친 영향을 6분 동안 집중적으로 보여 줬다. 희망을 잃은 채 플라스틱 그물에 엉켜 있는 거북이, 배 속에 가득 찬 플라스틱 조각 때문에 죽은 앨버트로스 같은 것들을 말이다. "그 장면이 시리즈 전체에서 가장 큰 반향을 불러일으켰습니다." BBC의 방송 책임자 톰 맥도널드가 말했다. "사람들은 마지막 화에 대해 말만 하고 끝내길 원치 않았어요. 사실 보통은 거기서 끝인데 말이죠. 시청자들은 문제를 해결하려면 어떻게 해야 하느냐고 물어 왔어요." 그 뒤 며칠 동안 정치인들은 방송을 보고 행동해야겠다고 느낀 유권자들이 보낸 숱한 전화와 이메일을 받았다. 사람들은 여론이 플라스틱에 등을 돌린 결정적인 이유를 설명할 때 '〈블루 플래닛 2〉 효과' 를 언급하기 시작했다.

이 모든 일로 인해, 30년 전 산성비와 프레온 가스에 맞서 성공적인 투쟁을 벌였던 이후 처음으로 그동안 볼 수 없었던 종류의 환경적인 승리가 목전에 있는지도 모른다는 분위기가 생겨났다. 거대한 대중의 분노는 우리의 집단생활에서 단 하나의 물질을 제거하도록 권력자들을 압박하고 있다. 이미 확언한 대형 공약들로 미루어 보건대 전망은 밝아 보인다.

그러나 플라스틱을 제거한다는 것은 플라스틱 포장재를 쓰지 않는 제품을 진열한 구역이 슈퍼마켓에 생기고 펍에서 퍼석거리는 종이 빨대를 쓴다는 것 이상을 의미한다. 플라스틱이 어디에나 사용되는 까닭은 그것이 대체한 천연 물질보다 품질이 좋아서가 아니라 가볍고 저렴하기 때문이다. 사실 저렴한 덕에 버릴 때도 정당화하기가 쉬웠다. 소비자 입장에서는 편했고, 기업들은 고객이 청량음료나 샌드위치를 살 때마다 새 플라스틱 포장 용기도 같이 파는 셈이었으니 행복했다. 강철이 건축의 지평을 넓힌 것과 똑같은 방식으로, 플라스틱은 이제는 우리가 당연하게 여기는 저렴한 일회용 문화를 가능하게 해줬다. 플라스틱을 받아들인다는 것은 어느 정도는 소비주의 자체를 수용하는 것이다. 이제 한 인간의 생애 정도의 시간 동안 우리 삶의 방식이 지구를 얼마나 급진적으로 재편해 왔는지 깨닫고, 그 변화가 너무 과한 건 아닌지 물어볼 필요가 있다.

잡동사니에서 사악한 존재로

반反플라스틱 운동의 가장 놀라운 점은 엄청나게 빠른 속도로 성장했다는 사실이다. 심지어 2015년의 세상으로 돌아가 봐도, 사람들은 플라스틱에 대해 딱히 분노하지 않았다. 우리가 현재 플라스틱에 대해 알고 있는 지식이 당시에도 대부분 알려져 있었는데도 말이다. 3년 전만 해도 플라스틱은 기후변화, 멸종 위기종, 아니면 항생제 내성 등 여러 문제 중 하나에 불과했다. 다들 플라스틱이 나쁘다는 데는 동의했지만 그 문제를 심각하게 여기는 사람은 드물었다.

과학자들의 노력이 부족해서는 아니었다. 플라스틱을 반대하는 주장은 거의 30년간 차곡차곡 쌓여 왔다. 1990년대 초 연구자들은 해양 쓰레기의 60~80퍼센트가 미생물이 분해할 수 없는 플라스틱이며, 해변과 항구에 밀려들어 오는 플라스틱의 양이 증가하고 있다는 사실을 발견했다. 그러던 중 플라스틱이 해류 사이의 무풍 수역에 퇴적되면서 해양학자 커티스 에비스메이어Curtis Ebbesmeyer가 '거대한 쓰레기 지역'이라 부르는 영역이 형성되고 있다는 사실이 밝혀졌다. 이 쓰레기 지역 중 가장 큰 곳은 — 에비스메이어는 이런 곳이 총 여덟 군데라고 추산한다 — 프랑스 면적의 세 배에 달하며 7만 9000톤의 쓰레기가 모여 있다.

2004년 플리머스대학의 해양학자 리처드 톰슨Richard

Thompson이 커다란 플라스틱이 부서지면서 생성되거나 상품에 사용하기 위해 의도적으로 제조된 수억 개의 조그만 플라스틱 조각을 일컫기 위해 '미세 플라스틱microplastic'이라는 신조어를 만들어 내면서 문제의 심각성은 훨씬 더 분명해졌다. 전 세계의 연구자들은 이 미세 플라스틱이 아주 작은 크릴새우부터 참치처럼 커다란 생선에 이르기까지 유기체의 내장 기관에 어떻게 침투하는지 분석하기 시작했다. 2015년 조지아대학의 환경 공학자 제나 잼벡Jenna Jambeck이 이끄는 연구팀은 매년 480~1270만 톤의 플라스틱이 바다로 흘러들어 가고 있으며, 2025년경에는 그 규모가 두 배에 달하리라 추산했다.

플라스틱 문제는 믿을 수 없을 만큼 심각했고 점점 더 심각해졌지만, 사람들의 관심을 끌기는 어려웠다. 가끔씩 플라스틱에 대한 놀라운 기사가 매체에 실려 대중의 흥미를 일으켰지만 — 쓰레기 지역 얘기는 매체의 단골 기삿감이었고, 넘쳐나는 쓰레기 처리장이나 엄청난 양의 쓰레기를 배에 실어 외국으로 보낸다는 내용의 기사가 종종 새로운 두려움을 야기했다 — 반응이 요즘 같지는 않았다. 캘리포니아대학의 영향력 있는 산업 생태학자 롤랜드 가이어Roland Geyer가 2006년과 2016년 사이의 변화에 대해 증언한 바에 따르면, 10년 전에는 플라스틱에 관해 열 건도 안 되는 인터뷰를 했는데 최근 2년 동안에는 인터뷰 요청이 200건 이상 들어왔다고 한다.

이런 변화가 정확히 왜 일어났는지는 커다란 논쟁거리다. 가장 그럴싸한 대답이자 내가 이야기를 나눠 본 과학자와 환경 운동가들의 잠정적인 이론은 플라스틱과 관련한 과학이 임계치에 도달했다거나 우리 머릿속이 우리가 만든 쓰레기(설령 그것이 중요한 것이라 해도)에 질식하는 사랑스러운 바다 생물의 이미지로 들어차게 돼서가 아니다. 우리가 플라스틱을 생각하는 방식이 근본적으로 바뀌었다는 것이다. 우리는 플라스틱을 잡동사니 정도로 간주하곤 했다. 성가신 것이긴 해도 위협은 아니었다. 하지만 플라스틱이 많은 사람이 상상했던 것보다 훨씬 더 만연해 있고 훨씬 더 사악한 존재라는 인식이 최근 전 세계적으로 퍼지면서 생각은 달라졌다.

사고의 전환은 마이크로비드microbead, 즉 1990년대 중반에 제조사들이 화장품과 세제에 거칠거칠한 가루를 추가하고자 쏟아부은 조그만 연마용 플라스틱 알갱이에 대한 대중의 반감과 더불어 시작되었다(거의 대부분의 플라스틱 제품에는 그보다 먼저 사용된, 미생물로 분해할 수 있는 천연 재료가 있다. 플라스틱 마이크로비드는 잘게 빻은 낱알이나 부석浮石을 대체한 재료다). 2010년 과학자들은 해양 생물에 가해질 잠재적 위협에 경종을 울리기 시작했고, 사람들은 마이크로비드가 존슨앤드존슨의 여드름 제거용 페이스 스크럽에서부터 바디샵처럼 친환경인 줄 알았던 브랜드에 이르기까지 수천 종의 제품에 들어 있다는 사실을 알고 충격을 받았다.

영국 그린피스의 플라스틱 캠페인 부서장인 윌 맥컬럼 Will McCallum에 따르면 대중이 플라스틱에 대해 등을 돌린 결정적인 계기는 마이크로비드가 수백만 개의 욕실 배수관으로 흘러들어 가고 있다는 깨달음이었다. "마이크로비드는 디자인 때문에 내린 결정이었는데, 실은 디자인 결함이었던 거죠. 사람들이 묻게 되었거든요. '어쩌다 이런 일이 일어난 거지?' 라고요." 2015년 미국 의회는 마이크로비드가 함유된 화장품에 대한 제한적 금지 조치를 검토했고, 양당의 고른 지지 속에 통과되었다. "대중의 인식에서 그 이슈는 거의 모르는 것이나 다름없었다가 광범위한 충격으로까지 번지게 되었죠." 영국 하원의원 메리 크레이Mary Creagh의 말이다. 그녀가 위원장이었던 환경 청문회는 2016년에 마이크로비드를 조사했고, 결국 그 제품의 생산과 판매에 대한 포괄적 금지를 이끌어 냈다.

마이크로비드는 단지 시작에 불과했다. 대중은 이내 나일론과 폴리에스테르 같은 합성 섬유를 세탁기에 한 번 돌릴 때마다 수많은 미세 섬유가 떨어져 나온다는 사실을 알게 되었다. 과학자들이 이 섬유들이 물고기의 내장에 어떤 경로로 들어가는지 보여 주고 난 후, 신문에서는 '요가 바지가 지구를 파괴한다' 같은 제목의 기사를 실었고, 파타고니아처럼 환경 문제에 민감한 브랜드는 재빨리 해결책을 강구했다(2017

년부터 파타고니아는 '구피프렌드'라는 세탁망을 판매하기 시작했는데, 옷에서 떨어져 나오는 플라스틱 중 '일부'를 잡아낸다고 한다). 그다음에는 구성 성분 중 60퍼센트가 플라스틱인 타이어 차례였다. 타이어가 움직이는 동안 미세 섬유가 떨어져 나온다는 사실이 밝혀졌는데, 아마도 그 양이 마이크로비드와 합성 섬유 의복을 합친 것보다 많을 것이다.

매일 사용하는 물건들이 전염의 원천처럼 보이기 시작했고, 개인이 할 수 있는 일은 거의 없었다. 학부모 사이트인 '맘스넷Mumsnet'의 게시판에는 마이크로비드를 함유하지 않은 대안 화장품에 대한 게시물이 수없이 올라오지만 플라스틱을 사용하지 않은 타이어에 대한 글은 아직까지 없다. 이 문제를 의회에서 제기한 영국의 하원의원 안나 맥머린Anna McMorrin은 자기 선거구 유권자들이 분통을 터뜨렸다고 말했다. "그분들이 저한테 말하는 거죠. '내가 사는 물건을 꼼꼼히 살펴보고, 재활용도 하는데, 그래도 플라스틱이 사방에 있으면 대체 어쩌라는 겁니까?'"

전 그린피스 국장이자 환경에 관한 영향력 있는 블로그를 운영하는 크리스 로즈Chris Rose에 따르면, 과학자들은 오랫동안 플라스틱이 위험한 오염 물질이라고 생각해 왔지만 대중의 생각이 바뀐 건 최근이다. 대부분의 사람들에게 플라스틱은 알기 쉬운 물건으로 보였다. 구입한 다음 버린 물건에 지나지 않았다. 볼 수 있고 만질 수 있고, 어떤 면에서는 통제하에 있는 것처럼 느껴졌다. 심지어 사람들은 플라스틱 문제에 아무 조치를 취하지 않고 있었는데도 자기들이 정말 원하기만 한다면 얼마든 제거할 수 있다고 생각했다. 가능한 한 가장 직접적인 방법으로, 그러니까 플라스틱을 집어 들어 쓰레기통에 버림으로써 말이다.

하지만 플라스틱은 더 이상 이렇게 보이지 않는다. 플라스틱은 여전히 주변에 있지만 — 가정용품, 커피컵, 티백, 의류 — 우리 능력으로는 통제할 수 없는 듯하다. 플라스틱은 우리의 손가락 사이와 정수기 필터를 빠져나가, 사악한 공장에서 나오는 오폐수처럼 강과 바다로 흘러간다. 플라스틱은 더 이상 길가에 버려진 빅맥 포장지처럼 구체적인 물질이 아니다. 이제 플라스틱은 헤어스프레이 용기에 깨알같이 적혀서 예전에는 눈에 띄지 않았던, 물고기에게 돌연변이를 일으키거나 오존층에 구멍을 뚫을 준비가 되어 있는 화학 물질에 가까워 보인다.

기후 변화보다 플라스틱에 주목하는 사람들

과학자나 환경 운동가들은 대중이 플라스틱에 등을 돌리리라고는 예상하지 못했다. 그들 대부분은 자기들의 경고가 주목받지 못하는 데 익숙하다. 사실 일부 과학자들은 플라스틱에 대한 반감의 규모에 다소 당혹스러워하고 있는 듯하다. "매일 이 문제로 머리를 긁적입니다." 임페리얼대학의 해양학자 에릭 반 세빌Erik van Sebille의 말이다. "어떻게 플라스틱이 공적 1호가 된 거죠? 기후 변화가 그래야 하는데." 내가 대화를 나눠 본 다른 과학자들은 플라스틱 오염을 수많은 환경 문제 중 하나로 여겼지만, 더 위급한 문제들로 대중의 관심을 돌리고자 했다.

하지만 막연하고 거대하며 묵시록적으로 보이는 기후 변화와 달리, 플라스틱은 작고 실체적이며 바로 지금 개인의 삶에 스며들어 있다. "대중은 이게 저것보다 몇 배 더 나쁘다, 같은 식으로 섬세하게 계산하지 않습니다." 지구의 벗에서 국장을 지낸 톰 버크Tom Burke의 말이다. "계기가 생기면 사람들은 어떤 이슈에 대해 다른 사람들도 자기와 같은 심정이라는 사실을 깨닫습니다. 그럼 추진력이 생기죠. 사람들은 그저 문제를 바로잡길 원할 뿐입니다." 뱅거대학의 환경학 강사이자 자기 고향 체스터를 영국에서 가장 격렬한 반플라스틱 도시로 바꾸고자 지난 1년을 보냈던 달변가 크리스티안 던Christian Dunn의 말을 인용하면, "그게 우리가 잘할 수 있는 일인 거죠."

던과 함께 공동 간사로 활동하는 지구의 벗 지부장으로 오랫동안 환경 운동을 해온 사람 특유의 꾸준한 긍정성과 겸손한 태도를 지닌 헬렌 탠디Helen Tandy와 같이 걷다 보면 플라스틱에 맞서는 싸움이 가진 매력이 분명해 보인다. 반란군의 정치 운동에 참여했다는 느낌이 드는 것이다. 코스타 커피에서 번화가 식료품점에 이르기까지, 가게들 창문에 운동을 지지하는 표시가 나붙어 있다. 젊은 바텐더가 내게 말했다. "체스터에 있는 아무 펍에나 가서 플라스틱 빨대를 달라고 해보세요. 그럼 이렇게 말할 겁니다. '안 됩니다. 그거 때문에 고래가 죽거든요.'" 딜런이라는 건설업자는 고객들에게 플라스틱 포장을 사용하지 않은 부품들을 추천하기 시작했다고 했다. B&Q(영국의 DIY 매장)에 가보면 넘쳐난다고도 했다.

체스터 동물원의 시설 관리자는 카페에서 일회용 플라스틱 포장을 없애는 중이고 선물 가게도 감사 중이라고 밝혔다. 동물원은 이 지역의 가장 큰 명소라 캠페인에 큰 도움이 된다. "먹이 자루는요? 동물에 사용되는 다른 물품은 어떨까요?" 던이 물었다. (매니저는 알아보겠다고 했다.) 동물원을 나가는데 초등학생들이 보라색 마일러(폴리에스테르 제품 상표) 풍선을 들고 코끼리 우리 쪽으로 걸어갔다. "저게 어디서 났을까요?" 탠디가 궁금해했다. "다음에 한번 물어봐야겠어요."

이런 식의 끈질기고 현실적인 풀뿌리 운동이 지난 2년간 번성했다. 그 결과 우리는 온갖 브랜드와 조직과 정치인들이 뭔가를 하는 모습을 목도하는 단계에 이르렀다. 심지어 지난 몇 주간 소방 호스에서 뿜어져 나오는 물처럼 쏟아지는 언론 보도만 살펴봐도, 토트넘 홋스퍼Tottenham Hotspur는 새 경기

장에서 일회용 플라스틱을 단계적으로 없앨 계획이며, 시애
틀은 시 경계 내에서 플라스틱 빨대 사용을 금지했다. 가장 유
명한 커피 체인인 스타벅스는 전 세계 2만 8000개의 매장에
서 연간 1억 개씩 사용되는 것으로 추산되는 플라스틱 빨대
를 없애겠다고 약속했고, 비非플라스틱 제품을 절대 만들지
않는 레고는 생산 공정에 집어넣을 수 있는 식물 기반의 플라
스틱을 알아보고 있다.

  이 모든 상황에는 약간의 광적인 열광이 서려 있다. 브
리스톨에 본부가 있는 캠페인 단체 '도시에서 바다까지City to
Sea'를 설립한 활동가 나탈리 피Natalie Fee는 2017년 BBC에 출
연해서 플라스틱에 대해 이야기한 뒤 마치 자기 계발 강사처
럼 은행이나 기업 중역실에서 자신이 하는 일에 대해 강연해
달라는 요청을 수없이 받았다고 한다. 기회주의가 출몰하는
분위기도 뚜렷이 감지된다. 환경식품농무부의 전직 고위 간부
에 따르면 플라스틱 문제에 대한 최근의 집중적 관심은 브렉
시트 국민 투표 후의 공백을 메울 수 있는 대중적이며 초당적
인 정책을 만들기 위한 내각의 발 빠른 행동에 따른 것이라는
공감대가 부처 내부에 퍼졌다. "마이클 고브Michael Gove 장관은
우리 부서가 자기 일을 스스로 할 수 있다는 점을, 또한 본인
이 환경장관으로서 뭔가 좋은 일을 하고 있다는 점을 보여 주
고 싶어 했어요. 결과적으로 이 두 가지 목표가 플라스틱과 아

주 잘 맞아떨어졌던 겁니다." 환경식품농무부 간부의 말이다.

정치인들의 동기가 어떻든 간에, 플라스틱에 대한 대중의 반감이 심각한 환경 문제에 대한 정부와 기업 최고위층의 높은 관심을 이끌어 냈고, 그들이 이 문제가 우세한 이슈라는 것을 납득했다는 사실에는 의심의 여지가 없다. 플라스틱에 대한 대책 중 아주 일부만이 법으로 명문화됐지만 — 미국과 영국의 마이크로비드 금지에는 예외 조항이 있다 — 감정은 엄청난 잠재력을 지닌 것이다.

매립지와 바다로 향하는 톱니바퀴

비록 플라스틱이 우리 생활의 도처에서 모습을 드러내고 있지만, 대부분의 사람들은 계속해서 플라스틱이란 무엇이고, 누가 제조하며, 어디서 오는지에 대해 말하려 애쓸 것이다. 이건 이해할 수 있는 일이다. 플라스틱은 대중의 눈에서 멀리 떨어진 채 제조되는 전 지구적 산업 제품이기 때문이다. 플라스틱의 원재료는 화석 연료이고, 석유와 가스를 생산하는 거대 기업 중 상당수는 같은 시설에서 플라스틱을 생산한다. 플라스틱에 대한 이야기는 화석 연료 산업의 이야기이기도 하고, 2차 세계 대전 후 이어진 소비문화 속에서 석유로 인해 불붙은 호황에 대한 이야기이기도 하다.

플라스틱은 탄소 함량이 풍부한 화학적 혼합물을 단일

한 구조의 물질로 변형시키는 방법으로 제조하는 제품을 모두 아우르는 용어다. 19세기에 화학자와 발명가들은 이미 빗과 같은 가정용품을 부서지기 쉬운 초기 형태의 플라스틱으로 제조하고 있었다. 초기 형태의 플라스틱은 처음에는 '파크신Parkesine'이라 불리다가 나중에는 그것의 재료가 되는 식물 셀룰로오스에서 이름을 따 셀룰로이드라는 이름으로 바뀌었다. 현대의 플라스틱은 1907년 미국에서 '베이클라이트Bakelite'가 발명되면서 시작되었다. 베이클라이트는 원유 또는 석탄을 석유로 바꾸는 과정에서 남게 되는 화학 물질인 페놀을 시작점으로 사용한 완전 합성 물질로서, 단단하고 반짝이며 밝은 색깔을 띤다. 다시 말해 오늘날의 우리에게도 플라스틱으로 인식될 수 있는 물질이다. 베이클라이트를 발명한 사람들은 그것을 전선 절연체로 사용할 생각이었지만, 이내 그물질의 거의 무한한 잠재력을 깨닫고는 '수천 가지 용도로 쓸 수 있는 재료'라고 광고를 했다. 훗날 이 광고는 상당한 과소평가였음이 드러난다.

이후 수십 년 동안 온갖 종류의 플라스틱이 개발되었고, 대중은 무한한 변형이 가능한 이 놀라운 과학적 창조물에 매혹되었다. 하지만 플라스틱을 진정으로 필요 불가결한 존재로 만든 것은 제2차 세계 대전이었다. 천연 소재가 부족해지고 전쟁 수행을 위해 막대한 물량이 요구되면서, 거의 무엇이든 될 수 있는 플라스틱의 잠재력은 ― 선구적인 플라스틱 화학자 빅터 야슬리Victor Yarsley가 1941년에 말했듯 '석탄, 물, 공기'만 있으면 됐다 ― 국가 군사 조직에 필수적인 것이 되었다. 과학 기술 잡지《파퓰러 머캐닉스Popular Mechanics》의 1943년 기사는 플라스틱으로 만든 군모 차양, 조준기, 박격포 포탄 기폭 장치, 항공기 조종실을 묘사하고 있다. 기사에 따르면 군대는 심지어 플라스틱 나팔까지 사용하기 시작했다.

　　미국의 플라스틱 생산량은 1939년에서 1945년 사이 9만 7000톤에서 37만 1000톤으로 세 배 이상 뛰었다. 전쟁 후 화학과 석유 산업 분야의 거대 기업들은 시장을 합쳤다. 듀폰DuPont, 몬산토Monsanto, 모빌Mobil, 엑손Exxon은 플라스틱 생산 설비를 구입하거나 개발했다. 이로 인해 물류적인 의미가 생겨났다. 이 회사들은 이미 플라스틱을 생산하는 데 쓸 원재료를 기존의 정유 과정에서 나온 부산물인 페놀과 나프타라는 형태로 공급하고 있었기 때문이다. 1940년에 다우Dow 케미컬에서 스티로폼을 발명하고 모빌이 포장용 플라스틱 필름에 대한 다수의 특허를 보유하게 되는 등 새로운 플라스틱 제품을 개발함으로써, 이 회사들은 자기네 원유와 가스를 활용할 수 있는 새로운 시장을 효율적으로 개척해 나갔다. 1988년 오스트레일리아의 국립 과학국 소속 연구자는 다음과 같이 썼다. "석유 화학 산업의 발전은 아마도 플라스틱 산업의 성장에 가장 크게 기여한 단일 요인일 것이다."

　　전후 수십 년간 경제 규모가 급속히 성장하면서 플라스틱은 거침없는 상승세를 타기 시작했고, 소비재 제품 재료로서 면, 유리, 마분지를 대체하게 될 것이었다. 얇은 플라스틱 포장지는 1950년대 초에 도입되면서 상품과 드라이클리닝 제품을 보호하던 종이와 천의 자리를 차지했다. 1950년대 말엽에 듀폰은 1억 장 이상의 플라스틱 시트가 소매상에 팔렸다고 발표했다. 그와 동시에 플라스틱은 라텍스 도료와 폴리스티렌 단열재의 형태로 수백만의 가정에 발을 들였는데, 이것들은 톡 쏘는 냄새가 나는 유성 페인트와 값비싼 암면이나 목재 섬유 패널에 비해 엄청나게 향상된 제품들이었다. 이내 플라스틱은 사방으로 퍼져 나갔고, 심지어 우주까지 진출했다. 1969년 닐 암스트롱Neil Armstrong이 달 표면에 꽂은 미국 국기는 나일론으로 만든 것이었다. 이듬해 코카콜라와 펩시는 자신들이 쓰던 유리병을 몬산토 화학과 스탠더드 오일Standard Oil이 제조한 플라스틱병으로 대체하기 시작했다. 1972년 철학자 롤랑 바르트Roland Barthes는 다음과 같이 썼다. "물질의 위계질서는 폐기되었다. 단 하나의 물질이 모든 물질을 대체한다."

　　하지만 플라스틱은 단순히 기존 재료를 대체하는 것 이상의 일을 해냈다. 그렇지 않았다면 세계는 변하지 않은 채 머물러 있었을 것이다. 훨씬 유연한 동시에 다루기 쉽고, 대체된 물질보다 엄청나게 저렴하고 가볍다는 플라스틱만의 독특한 특성은 세계 경제가 폐기 중심의 소비문화로 이동하는 기폭제가 되었다. 1955년 경제학자 빅터 리보Victor Lebow는 이렇게 썼다. "엄청나게 생산적인 우리 경제는 소비가 우리 삶의 방식이 되기를 요구한다. 우리는 증가 일로의 생산 속도에 맞춰 물건들을 소비하고, 소각하고, 닳도록 써버리고, 바꾸고, 버려야 한다."

플라스틱은 이런 급격한 변화를 야기하는 완벽한 촉매가 되었다. 가격이 싸고 버리기도 쉽다는 이유만으로 말이다. 빅터 리보의 글이 나오기 1년 전인 1954년, 무역 잡지《모던 플라스틱스Modern Plastics》의 편집자인 로이드 스토퍼Lloyd Stouffer는 산업 콘퍼런스에서 "플라스틱의 미래는 쓰레기통에 있다"고 발언했다가 언론에서 조롱을 당했다. 1963년 그는 같은 콘퍼런스에서 다음 연설로 완전히 누명을 벗었다. "여러분은 쓰레기통, 쓰레기 처리장, 쓰레기 소각로에 말 그대로 수억 개의 플라스틱병, 플라스틱 주전자, 플라스틱 튜브, 블리스터와 스킨 팩, 비닐봉지와 필름과 포장지를 꽉꽉 채우고 있습니다." 그가 의기양양하게 외쳤다. "누구도 더 이상 플라스틱 포장이 버리기에는 너무 아깝다고 생각하지 않는 행복한 날이 오고야 만 것입니다."

플라스틱은 이익을 뜻했다. 공학 기술 연구 기업인 미

드웨스트Midwest 연구소의 한 연구원은 1969년에 다음과 같이 썼다. "일회용 용기 시장의 발전 이면에 존재하는 강력한 동력은 반환 가능한 병 하나를 시장에서 축출할 때마다 반환할 수 없는 병 20개를 팔 수 있다는 사실이다." 1965년 무역 단체인 플라스틱 산업 협회는 플라스틱이 13년 연속으로 성장 기록을 경신했다고 보고했다.

하지만 플라스틱은 쓰레기를 뜻하기도 했다. 1950년 이전, 미국에서 유리병처럼 재사용이 가능한 용기는 96퍼센트에 달하는 반환율을 보였다. 1970년대에는 모든 종류의 용기를 반환하는 비율이 5퍼센트 아래로 떨어졌다. 한 번 쓰고 만다는 것은 이전에는 상상할 수도 없었던 많은 물건들이 매립지에 버려지고 있다는 뜻이었다. 증가하는 쓰레기 문제를 논의하기 위해 1969년에 열린 미 환경 보호국 회의에서 백악관 과학 자문인 롤프 엘리아센Rolf Eliassen은 "이 파괴할 수 없는 물건들을 수집하고 처리하고 처분하는 데 드는 사회적 비용이 막대하다"고 주장했다.

이후에 등장한 것은 일회용 문화에 대한 전반적인 반감, 특히 플라스틱에 대한 반감이었지만, 우리가 요즘 보고 있는 그런 종류는 아니었다. 1969년《뉴욕타임스》는 "쓰레기와 쓰레기 처리 문제라는 산사태가 국가의 주요 도시 주변에 계속 쌓이고 있는데, 이는 현재 진행되는 대기와 수자원 위기와 같이 놓고 볼 수 있을 만큼 긴박한 위급 상황이다"라고 보도하면서 쓰레기 문제를 당대의 주요 환경 문제와 같은 수준으로 끌어올렸다. 1970년 첫 번째 '지구의 날' 축하 행사가 이뤄지기 두 달 전, 닉슨 대통령은 "새로운 포장 방법은 분해되지 않는 재료를 사용하고 있다"고 개탄하면서 "요즘 우리는 한 세대 전에는 아껴 쓰던 것들을 자주 버린다"며 불편한 심기를 내비쳤다. 뉴욕시는 1971년 플라스틱병에 세금을 도입했고, 의회는 1973년에 반환이 불가능한 포장 용기에 대한 전면 금지 조치를 가지고 논쟁을 벌였다. 하와이주는 1977년에 플라스틱병 사용을 완전히 금지했다. 당시에도 플라스틱에 대한 전투가 벌어지기 시작했고, 이길 수 있을 것 같았다.

업계는 제의된 법률에 대해 시작부터 강공을 펼쳤다. 플라스틱병에 세금을 매기려던 뉴욕시의 정책은 세금이 부과된 해에 주 대법원에 의해 폐기되었고, 뒤이어 플라스틱 산업 협회가 부당한 대우를 주장하며 소송을 걸었다. 하와이의 플라스틱병 금지는 음료 회사가 비슷한 소송을 걸고 난 뒤인 1979년 주 순회 법원에 의해 폐기되었다. 의회에서 논의된 금지안은 로비스트들이 그 조치가 제조업 일자리에 타격을 줄 것이라고 주장하자 불발에 그치고 말았다.

이런 법률적 위협을 물리치고 난 뒤, 석유와 화학 기업은 음료와 포장재 제조업체와 느슨한 동맹을 맺고서 반플라스틱 정서를 성공적으로 완화할 수 있는 2단계 전략을 한 세대에 걸쳐 추진했다. 이 전략의 첫 번째 단계는 쓰레기와 폐기물에 대한 책임을 기업에서 소비자로 옮기는 것이었다. 일회용 포장 사용을 조장하고 그 과정에서 수백만 달러를 번 기업들을 비난하는 대신, 바로 그 기업들이 무책임한 개인이야말로 진짜 문제라고 주장했던 것이다. 이런 주장의 완벽한 예시는 미국 포장업계 잡지가 1965년 '총이 사람들을 죽이는 건 아니다'라는 제목을 달고 실은 머리말에서 찾을 수 있다. 그 글은 제조업자들이 아니라 '쓰레기를 함부로 버리면서 우리 고장을 괴롭히는 사람들'을 비난했다.

플라스틱과 기타 일회용 포장재 관련 기업들은 이 메시지를 퍼뜨리기 위해 쓰레기에 대한 소비자의 책임을 강조하는 비영리 단체에 기금을 투자했다. 그런 단체 중 한 곳인 '미국을 아름답게 유지합시다Keep America Beautiful·KAB'는 1953년에 설립되었다. 이 단체에 기금을 낸 회사들로는 코카콜라, 펩시, 다우케미컬, 모빌 등이 있었고, KAB는 이런 기조에 따라 수백 건의 광고를 내보냈다. 1971년 지구의 날에 내보낸 캠페인 광고는 "사람들이 공해를 유발합니다. 사람들이 그걸 멈출 수 있습니다"였다. KAB는 또한 지역 시민 단체와 사회단체를 동원해 이른바 '국가적 수치'인 쓰레기를 치우고 처리하게 만들었다.

이런 작업은 성과를 거뒀지만, 1970년대 중반이 되면

KAB와 업계의 유착에 대한 우려로 인해 '시에라 클럽Sierra Club'
과 '아이작 월턴 리그Izaak Walton League' 같은 환경 단체뿐 아니라
미 환경 보호국도 KAB 자문 역할을 그만두게 되었다. 1976년
에는 미 환경 보호국 국장 러셀 트레인Russell Train이 유포한
메모와 관련한 기사가 신문에 보도됐다. KAB의 기업 후원자들
이 공해 방지법을 방해하려는 작업을 하고 있다는 내용이었다.

쓰레기를 개인의 실패로 규정하는 작업은 놀랄 만큼 성
공적이었다. 1988년 지구의 플라스틱 생산량이 강철 생산량
을 따라잡던 해, 세인트 제임스 공원에서 사진 촬영을 위해 쓰
레기를 줍고 있던 마거릿 대처Margaret Thatcher는 그 분위기를 완
벽하게 포착했다. "이건 정부의 잘못이 아닙니다." 그녀가 기
자들에게 말했다. "알면서도 생각 없이 쓰레기를 버린 사람
들 잘못입니다." 애초에 플라스틱을 제조하고 팔았던 사람들
은 그녀의 지적에서 제외돼 있었다.

오염에 대한 대중의 우려를 가라앉히기 위한 업계의 두
번째 전략은 상대적으로 최신 개념인 가정에서의 재활용에
역점을 두는 것이었다. 1970년대에 환경 단체와 미 환경 보
호국은 점점 커지는 소비재 폐기물 문제를 해결하기 위해 자
동차, 기계류 및 금속 조각 같은 대형 품목에는 익숙했던 개념
인 재활용을 지역 공동체 단위까지 확장시킬 수 있는 새로운
아이디어를 탐구하고 있었다.

포장재와 음료업계는 재활용이 자기네 제품을 쓰레기 매립지로부터 지켜 낼 수 있다는 아이디어를 냉큼 밀어붙였다. 1971년, 플라스틱병이 널리 퍼지기 전, 코카콜라 보틀링 컴퍼니는 유리나 알루미늄 같은 가정용 쓰레기를 재활용하고자 뉴욕시에 세워진 세계 최초의 저장소 중 몇 곳에 자금을 지원했다.

플라스틱 산업도 이와 유사한 방침을 취하면서 자기네 제품을 재활용할 수 있는 잠재적 가능성을 소리 높여 부르짖었다. 1988년 플라스틱 산업 협회는 도시에서의 플라스틱 재활용을 촉진할 목적으로 '고형 폐기물 문제 해결 위원회'를 설립한 뒤, 1995년까지 플라스틱병의 25퍼센트를 재활용할 수 있다고 주장했다. 1989년 아모코(Amoco, 스탠더드 오일의 새로운 이름)와 모빌, 다우 케미컬은 '국립 폴리스티렌 재활용 회사'를 설립하여 역시 1995년까지 25퍼센트를 재활용하겠다는 똑같은 목표를 내세웠는데, 이 경우는 음식 포장재였다(당시 《타임》에 실린 모빌의 광고는 폴리스티렌이 폐기물 위기의 '희생양이지 문제는 아니'라는 주장을 했다. 해결책은 '더 많은 재활용'이었다). 1990년에는 '미국 플라스틱 협회'라는 또 다른 산업 단체가 2000년에는 플라스틱이 '가장 많이 재활용되는 재료'가 될 것이라는 주장을 개진했다.

이런 장밋빛 전망이 가진 문제는 플라스틱이 재활용에는 최악의 물질이라는 점이다. 유리, 철, 알루미늄은 거의 무한정 녹이고 개조해도 처음과 똑같은 품질의 신제품을 만들어 낼 수 있다. 반면 플라스틱은 재활용을 할 때마다 품질이 뚝뚝 떨어진다. 플라스틱병을 재활용해도 같은 품질의 플라스틱병을 만들 수가 없다. 대신 재활용된 플라스틱은 의류용 섬유나 가구용 슬레이트가 되고, 그런 다음에는 도로 충전재나 플라스틱 절연재가 될 텐데, 여기까지 오면 더 이상은 재활용이 되지 않는다. 매 단계가 본질적으로 매립지 아니면 바다 쪽으로만 회전하는 톱니바퀴인 것이다. 위스콘신대학의 공학자 로버트 햄Robert Ham은 1992년에 플라스틱 제품이 제한된 수의 물건으로만 변할 수 있다는 사실에 주목하면서 이렇게 말했다. "플라스틱 재활용의 미래는 여전히 도통 알 수 없는 수수께끼다."

알루미늄처럼 더 수익성 있는 재료를 재활용하는 회사의 입장에서 보면 재활용 플라스틱이 가진 상업적 매력은 크지 않았다. 1980년대에 플라스틱 재활용이 호황 산업이 되지는 않으리라는 사실이 분명해지자 공공 부문이 개입했다. 재활용 산업이 국가에서 상당한 자금을 지원받고, 플라스틱이 쓰레기차에 실려 운송되는 동안, 업계는 계속해서 점점 더 많은 플라스틱을 쏟아 냈다. 하원의원 폴 B. 헨리Paul B. Henry가 1992년 용기 재활용에 대한 청문회에서 말했듯, 플라스틱 업계는 '자기네가 재활용의 든든한 옹호자라 주장'했지만 '커브사이드¹ 재활용

프로그램은 거의 전적으로 정부 보조금에 의존'했다. 다시 말해 정부는 업계가 재활용에 대해 예전에 떠들어 댄 허풍에 꼼짝없이 낚여서 비용을 지불하고 있었다. 그리고 대중은 누군가 쓰레기를 치워 주는 한 행복해했다. 오늘날까지도 몇몇 환경 운동가들은 가정용 재활용품 수거를 '소망 순환'이라 부르고, 재활용 쓰레기통을 실제로는 별 도움이 안 되는데도 사람들의 죄책감은 덜어 주는 '마법 상자'라 부른다.

작지만 힘 있는 승리

그사이 전 세계의 플라스틱 생산량은 1995년 1억 6000만 톤에서 2018년 현재는 3억 4000만 톤으로 치솟았다. 재활용률은 여전히 울적할 정도로 낮다. 미국에서 매년 재활용되는 플라스틱은 전체 플라스틱의 10퍼센트 이하다. 심지어 재활용률이 기적적으로 치솟는다 해도, 재활용된 플라스틱으로 만들 수 있는 것들이 빤하기 때문에 결국 새 플라스틱에 대한 수요는 항상 높을 수밖에 없다. 캘리포니아대학의 산업 생태학자인 롤랜드 가이어Roland Geyer는 2017년에 미국과 영국의 정책 입안자에게 기념비적 참고 문헌이 된 보고서 〈지금까지 제조된 모든 플라스틱의 생산, 활용, 종말Production, Use and Fate of All Plastics Ever Made〉을 작성한 인물로, 그는 내게 "재활용이 전 세계의 플라스틱 양을 줄이는 데 전혀 효과가 없으리라는 사실을 점점 더 확신하고 있다"고 말했다.

비록 대중이 반플라스틱 캠페인에 대해 보이는 열정은 부분적으로는 플라스틱이 기후 변화보다는 단순하고 해결하기 쉬운 문제일 거라는 느낌에 의해 추동되고 있겠지만, 이 두 사안은 대부분의 사람들이 생각하는 것보다 훨씬 밀접하게 연결되어 있다. 세계에서 가장 큰 플라스틱 생산업체 열 곳 중 일곱 곳은 여전히 석유와 천연가스 회사다. 그들이 화석 연료를 뽑아내는 한 플라스틱을 만들고픈 커다란 동기가 늘 있다는 얘기다. 2016년의 세계 경제 포럼 보고서는 2050년까지 전 세계에서 추출되는 석유의 20퍼센트가 플라스틱 제조에 쓰일 것이라고 예측했다. 과학자 요한나 크람Johanna Kramm과 마르틴 바그너Martin Wagner는 최근 발표한 논문에서 다음과 같이 쓰고 있다. "본질적으로 보면 결국 플라스틱 공해는 인간이 만든 전 지구적 변화의 가시적이면서도 실체적인 부분이다."

이것이 플라스틱의 역설이다. 또는 적어도 우리가 현재 꼼짝없이 붙들려 있는 문제다. 문제의 심각성에 대해 알게 되자 행동에 나서고 싶은 마음이 들었지만, 이 문제를 점점 더 밀어붙일수록, 우리가 해결하는 데 실패했던 여타의 환경 문제와 마찬가지로 이 문제 역시 점점 더 막막하고 다루기 힘든 것으로 보이기 시작한다. 그러다가 똑같은 장애물에 맞닥뜨리고 마는 것이다. 규제 불가능한 산업, 세계화된 세상, 지속 불가능한 우리 삶의 방식.

그렇다 해도 사람들은 여전히 플라스틱을 쓰고 싶어 한다. 앞으로도 그럴 것이다. 하지만 많은 어려움에도 불구하고, 반플라스틱 운동은 아마도 21세기 들어 출현한 가장 성공적인 전 세계적 환경 캠페인일 것이다. 만약 정부가 약속을 지키고, 운동이 계속 동력을 유지한다면 분명 성과를 볼 것이다. "정말 대단한 일입니다." 미국 컨설팅 회사인 우드 맥켄지Wood Mackenzie에서 화학 산업 분석가로 일하는 스티브 징거Steve Zinger의 말이다. "특히 올해는 소비자들의 반플라스틱 정서가 커졌어요. 기업들은 플라스틱 사용 금지라는 새로운 현실에 맞춘 사업 모델을 적용해야 할 겁니다." 그는 석유 생산업자들 또한 수요에서 손실을 볼 것이라고 말했다.

이것이 플라스틱의 역설에 존재하는 긍정적인 면이다. 만약 플라스틱이 우리가 겪는 다른 환경 문제의 축소판이라면, 그 논리를 따를 경우 해결책도 있다는 얘기다. 불과 몇 년 사이에 플라스틱이 환경에 끼치는 해악에 대한 과학적 증거가 사람들을 조직화했고, 정부 규제를 압박했으며, 화석 연료 회사들의 관심도 끌었다. 소비자들은 슈퍼마켓에 포장을 줄이라고 요구했고, 그 결과 1년 만에 석유 회사 BP는 2040년까지 일일 석유 생산량이 200만 배럴 줄어들 것이라고 전망하게 되었다. 플라스틱에 대한 우리의 집념이 표출된 것이다.

기후 변화를 둘러싼 훨씬 큰 싸움에서, 플라스틱에 대한 반격은 작지만 힘을 주는 승리이자 향후 행동의 모델이 될 수 있다.

문제들이 아주 긴밀하게 상호 연결되어 있다는 사실을 직시해야 한다. 플라스틱은 그것만 따로 떼어 우리 삶에서 추방할 수 있는 개별적인 문제가 아니다. 지난 반세기 동안 만연했던 소비 양태에서 가장 눈에 띄는 생산물에 불과하다. 엄청난 도전이 기다리고 있음에도 불구하고, 미세 플라스틱이라는 용어를 만든 해양학자 리처드 톰슨과 이야기를 나누었을 때 그는 낙관적인 모습이었다. 그가 말했다. "지난 30년 동안 우리가 과학자, 기업, 정부와 함께 이런 식으로 똘똘 뭉쳤던 적이 한 번도 없었습니다. 이 문제를 바로잡을 수 있는 진짜 기회가 온 겁니다."

저자 폴 툴리스(Paul Tullis)는 미국 콜로라도를 근거지로 활동하고 있는 작가
다. 《The New York Times Magazine》, 《Scientific American》, 《Bloomberg
Businessweek》, 《Slate》, 《Time》 등에 기고해 왔다.

역자 전리오는 서울대학교에서 원자핵공학을 전공했다. 대학 시절 총연극회
활동을 하며 글쓰기를 시작해 장편 소설과 단행본을 출간했다. 음악, 환경, 국
제 이슈에 많은 관심이 있으며 현재 소설을 쓰면서 번역을 한다.

환경을 망치는 기적의 과일

아주 먼 옛날에, 어느 머나먼 마을에서 마법의 과일이 열렸다. 이 과일을 짜내면 아주 특별한 오일이 나왔다. 이 오일을 넣으면 건강에 더 좋은 쿠키, 거품이 더 많이 나는 비누, 더 바삭한 과자를 만들 수 있었다. 립스틱을 더 부드럽게, 아이스크림을 녹지 않게 할 수도 있었다. 이런 놀라운 능력 덕분에 전 세계 사람들이 이 과일과 오일을 구입하게 되었다.

이 과일을 재배하던 마을 사람들은 이 나무를 더 많이 심기 위해서 숲을 불태웠고, 고약한 연기로 뒤덮인 숲에서는 많은 생명체들이 허둥지둥 도망쳐야 했다. 나무들은 불에 타면서 뜨거운 가스를 대기 중으로 방출했다. 그러자 모든 사람들이 경각심을 갖기 시작했다. 그들은 숲의 생명체들을 사랑했고, 이미 지구의 온도가 너무 뜨겁다고 생각했기 때문이다. 몇몇 사람들은 이 오일을 더 이상 사용하지 않기로 했지만, 대부분의 사람들은 다시 예전으로 돌아갔다. 숲은 계속해서 불태워졌다.

이건 동화 속 이야기가 아니다. 마법에 관한 이야기도 아니다. 열대 기후에서 자라는 기름야자나무Elaeis guineensis의 열매를 이용해 만드는 이 오일은 바로, 세계에서 가장 유용하게 사용되는 팜오일[2]이다. 이 오일은 튀김을 예쁘게 튀길 수 있게 해주고, 다른 오일들과도 잘 섞인다. 다른 종류의 지방과도 잘 혼합되며 정제된 이후에도 보존성이 좋아서, 포장용 제과·제빵 상품에 즐겨 사용되는 성분이다. 제조 비용도 저렴해서 면실유(목화씨에서 짜낸 반건성유)나 해바라기씨유 같은 튀김용 기름보다 싸다. 그리고 거품을 내는 물질이어서 사실상 거의 모든 샴푸와 액상 비누, 세정제 같은 제품에 들어가 있다. 화장품 제조업체들은 바르기 쉬우면서도 가격이 저렴하다는 이유로, 동물성 수지보다 팜오일을 선호한다. 특히 유럽 연합EU 지역에서는 바이오 연료를 만들기 위한 저렴한 원재료로 더욱더 많이 사용되고 있다. 가공식품에 첨가되면 천연 보존제 역할을 하고, 아이스크림의 녹는점을 높여서 잘 녹지 않게 만든다. 팜오일은 건축 자재인 섬유판 안에 든 입자들을 서로 결합시키는 접착제로 사용될 수도 있다. 팜오일 야자나무의 줄기와 잎사귀들은 합판부터 말레이시아 국영 자동차 회사의 복잡한 차체를 만드는 데까지 사용될 수 있다.

지난 50년 동안 전 세계의 팜오일 생산량은 꾸준히 증가해 왔다. 1995년부터 2015년까지 연간 생산량은 1520만 톤에서 6260만 톤으로 네 배가 늘어났다. 2050년이 되면 다시 네 배가 더 늘어 2억 4000만 톤에 달할 전망이다. 팜오일 생산에 이용되는 대지 면적은 경악할 만한 수준이다. 팜오일 재배 면적은 지구 전체 농경지의 10퍼센트를 차지하고 있다. 현재 전 세계 150개국에서 30억 명의 사람들이 팜오일이 함유된 제품을 사용한다. 세계적으로 1인당 매년 8킬로그램의 팜오일이 소비되고 있다.

전 세계 팜오일 생산량의 85퍼센트는 말레이시아와 인도네시아에서 나오는데, 세계적인 팜오일 수요는 농촌 지역의 소득 증대로 이어졌다. 하지만 엄청난 환경 파괴와 노동 인권 탄압이라는 대가를 치러야 했다. 숲을 개간하고 야자수를 더 많이 심기 위해서 불을 놓는 일은 2억 6100만 명이 거주하는 인도네시아에서 가장 많은 온실가스를 배출하는 원인이 되고 있다. 더 많은 팜오일을 생산해서 더 높은 수익을 얻고자 하는 동기로 인해서 지구는 점점 뜨거워지고 있다. 그러는 사이 이 지역에서만 서식하는 수마트라 호랑이, 코뿔소, 오랑우탄은 보금자리를 잃고 멸종 위기에 내몰리고 있다.

정작 소비자들은 이 물질을 사용하고 있는지조차 모르는 경우가 많다. 스스로를 '팜오일 감시견'이라 칭하는 단체인 팜오일 조사단Palm Oil Investigations에서 작성한 목록에 따르면, 식품이나 가정용품, 퍼스널 케어 용품 등 흔히 접할 수 있는 제품들 중에서 팜오일을 함유하고 있는 것이 200개가 넘지만, 실제로 성분 표시를 한 경우는 겨우 10퍼센트에 불과했다.

팜오일은 어떻게 해서 우리 생활 구석구석까지 침투하게 되었을까? 하나의 결정적인 계기로 인해서 이런 소비 촉진이 일어난 것은 아니다. 그보다는 여러 산업에서 이런저런 더 나은 성분들을 바꿔 가며 사용하다 보니 마침 완벽한 물질을 발견한 것이었고, 이제는 다시 돌아갈 수 없게 된 것이다. 동시에 팜오일 생산국들은 이를 빈곤 퇴치의 전략으로 인식하고 있으며, 국제적인 금융 기구들 역시 팜오일을 개발 도상국의 성장 동력으로 바라보고 있다. 일례로 국제 통화 기금IMF은 말레이시아와 인도네시아의 팜오일 생산량 증대를 촉구해 왔다.

팜오일 산업이 성장하면서 그린피스와 같은 환경 보호 단체는 탄소 배출과 야생 서식지에 미치는 파괴적인 영향들에 대해 경고의 목소리를 내기 시작했다. 지속 가능한 방식으로 팜오일을 생산하는 것은 불가능한 일이 아니다. 지속 가능 생산자 인증을 해주는 기관들도 있다. 팜오일 산업의 성장세에 반격을 개시한 곳도 있다. 2018년 4월, 영국의 슈퍼마켓 체인 아이슬란드Iceland는 2018년 말까지 모든 자체 식품 브랜드에서 팜오일 사용을 중단하겠다고 선언했다. 2018년 12월에는 노르웨이가 바이오 연료 생산 용도의 팜오일 수입을 금지했다.

하지만 팜오일의 영향에 대한 경각심이 퍼져 나가기 시작한 시기가 너무 늦었던 건지도 모른다. 팜오일은 이미 소비자 경제에 너무나도 깊게 자리하고 있어서, 이제 그것을 없앤다는 건 상상하기 힘든 일이 되어 버렸기 때문이다. 놀랍게도, 아이슬란드 슈퍼마켓도 2018년까지 약속을 이행하는 것이 불가능하다는 것을 알게 되었다. 그래서 그들은 모든 자체

식품 브랜드에서 팜오일을 빼는 대신에, 팜오일이 포함된 식품에서 자사의 상표를 지워 버리기로 했다.

소비자 입장에서는 지속 가능한 성분들로 제조되었는지는 고사하고 어떤 제품에 팜오일이 함유되었는지 아닌지를 판별하는 일조차도 초능력 수준의 의식이 필요할 정도다. 사실 서구 소비자들이 경각심을 갖는다고 해서 상황이 크게 달라지는 것은 아니다. 전 세계 팜오일 수요에서 유럽과 미국이 차지하는 비중은 14퍼센트 미만에 불과하기 때문이다. 전 세계 수요의 절반 이상을 차지하는 곳은 아시아다.

브라질의 삼림 파괴에 대한 경보가 처음 울린 이후로 파괴 행위를 — 멈추게 한 것이 아니라 — 둔화시키기까지 족히 20년이 걸렸다. "서구의 팜오일 소비는 많지 않으며, 그 외 지역에서는 이 문제에 신경도 쓰지 않는 것이 현실"이라고 내추럴 해비타트Natural Habitats의 상무인 닐 블롬퀴스트Neil Blomquist는 말한다. 미국 콜로라도에 위치한 이 회사는 에콰도르와 시에라리온에서 팜오일을 생산하고 있는데, 그들은 생산 과정에 있어서 지속 가능한 방식을 아주 엄격하게 고수하고 있다. "그러니까 (기존 업계에서는) 굳이 생산 방식을 바꿀 필요가 없는 것이죠."

트랜스 지방을 대체하다

팜오일이 전 세계를 휩쓴 요인으로는 다섯 가지를 꼽을 수 있다. 우선 첫째로, 서구에서 건강에 좋지 않은 지방을 팜오일이 대체해 왔다. 둘째, 생산자들이 저가로 공급을 지속해 왔다. 셋째, 가정용품과 개인 위생용품에 사용되던 비싼 오일들을 대체해 왔다. 넷째, 거듭 말하지만, 가격이 싸기 때문에 아시아 국가들에서 요리유로서 널리 쓰이게 되었다. 마지막으로, 아시아 국가들이 점점 더 부유해지면서 지방 소비가 늘어나기 시작했는데, 상당 부분을 팜오일이 차지했다.

　　팜오일이 폭넓게 사용되기 시작한 것은 가공식품에서부터였다. 1960년대에, 버터에 많이 들어 있는 포화 지방이 심장병 발병을 증가시킬 수 있다는 과학계의 경고가 나왔다. 그러자 영국-네덜란드계의 거대 기업인 유니레버Unilever 같은 식료품 제조업체들이 버터 대신 포화 지방 함량이 낮은 식물성 오일로 만든 마가린을 사용하기 시작했다. 하지만 1990년대 초반에 이르자 마가린에 들어가는 오일의 제조 방식인 부분 수소 첨가 과정에서 트랜스 지방이라는 다른 종류의 지방이 생성된다는 사실이 밝혀졌는데, 트랜스 지방은 포화 지방보다도 건강에 좋지 않은 것이었다. 유니레버 이사회는 트랜스 지방이 좋지 않다는 과학적인 견해를 받아들이고 그것을 빼버리기로 결정했다. "유니레버는 자사 제품을 소비하는 사람들의 건강 관련 의식에 대해서 아주 많은 주의를 기울이고 있었습니다." 당시 유니레버 이사회 임원이었던 제임스 W. 키니어James W. Kinnear의 말이다.

결정이 이루어지자 체제 전환은 전격적으로 진행되었다. 1994년 유니레버의 정제 공장을 관리하던 게리트 반 두이즌Gerrit van Duijn은 로테르담 본사의 사장단으로부터 전화 한 통을 받는다. 15개국에 걸쳐 있는 20곳의 유니레버 공장에서 생산되는 600여 개의 지방 제품에서 부분 수소 첨가 방식으로 만들어진 오일을 제거하고 트랜스 지방이 없는 성분들로 바꾸어야 한다는 것이었다.

이유는 알 수 없었지만, 이 프로젝트는 '패딩턴Paddington'[3] 프로젝트라고 불렸다. 우선 그는 트랜스 지방의 장점을 유지하면서도 그것을 대체할 수 있는 것이 무엇인지 알아내야 했다. 예를 들자면 트랜스 지방은 실온에서 고형으로 유지된다는 점 때문에 애용되었는데, 쿠키와 같은 공산품들뿐만 아니라 저렴한 버터 대용품의 필수적인 성질이었다. 결국 한 가지 선택밖에 없었다. 아프리카 야자수에서 얻은 오일이었다. 야자수에서는 과육에서도 오일(팜오일)을 얻을 수 있고, 씨앗에서도 오일(팜핵오일)을 얻을 수 있다. 유니레버의 다양한 마가린 제품군에 필요한 항상성을 가지면서도 트랜스 지방이 생성되지 않는 성분으로 구성되는 다른 오일은 없었다. 반 두이즌의 말에 따르면, 부분 수소 첨가 오일을 대체할 수 있는 유일한 물질이었다. 팜오일과 팜핵오일은 둘 다 버터보다도 포화 지방이 낮았다.

공장에서의 체제 전환은 일제히 이루어져야 했다. 생산 라인에서 구식 오일과 새로운 오일을 섞어서 사용할 수 없었기 때문이다. 반 두이즌이 말했다. "어느 하루를 정해서, 모든 탱크들에서 트랜스 지방을 포함한 성분들을 모두 비워 낸 다음에, 트랜스 지방이 첨가되지 않은 성분들로 다시 채워 넣어야 했습니다. 실제 현장에서의 작업은 악몽과도 같았습니다." 새 탱크를 추가 구입한다는 건 아무래도 비용이 너무 많이 들었을 것이다.

유니레버는 예전에도 팜오일을 사용했던 적이 있었기 때문에 공급망은 이미 가동되고 있었다. 하지만 말레이시아에서 유럽까지 원재료를 수송하는 데에 6주가 걸렸다. 그래서 반 두이즌은 시스템 전환까지 석 달의 시간을 두었다. 더욱더 많은 팜오일과 팜핵오일을 구입했고, 여러 공장들에 수송 트럭이 제시간에 도착할 수 있도록 일정을 짰다. 그리고 1995년의 어느 날, 유럽 전역의 공장들 밖에 트럭들이 줄지어 섰고, 마침내 작전이 실행되었다.

이 순간 이후로 가공식품 산업은 완전히 바뀌었다. 반 두이즌의 지휘 아래 전체 시스템을 팜오일로 전환했던 선구자 유니레버를 따라서 사실상 모든 식품 제조업체가 방향을 틀었다. 2001년 미국 심장 협회American Heart Association는 성명을 발표했는데, "만성 질환의 위험을 줄이려면 가공된 지방에서 나오는 포화 지방산과 트랜스 지방산이 들어 있는 음식들을 식단에서 모두 없애야 한다"는 내용이었다. 오늘날 팜오일의 3분의 2 이상은 식품에 들어간다. 패딩턴 프로젝트 이후 2015년까지 유럽의 팜오일 소비량은 세 배 이상 증가했다. 패딩턴 프로젝트가 있던 해에 미국 식품 의약품 안전청FDA은 식품 제조업체들에게 3년의 유예 기간을 주면서, 미국에서 판매되는 모든 마가린과 쿠키, 케이크, 파이, 팝콘, 냉동 피자, 도넛, 비스킷에서 트랜스 지방을 제거하도록 했다. 모든 것들이 팜오일로 대체되었다.

자연에 가깝지만 비환경적인 제품

아시아의 팜오일 소비량은 유럽과 미국의 식품 산업 전체 소비량보다도 훨씬 많다. 인도와 중국, 인도네시아의 팜오일 소비량은 전 세계의 거의 40퍼센트로 집계된다. 과거 이 지역에서는 식용유를 사용해서 요리를 했지만, 이제는 팜오일을 쓴다. 성장세가 가장 컸던 곳은 인도였는데, 팜오일이 새로운 인기를 얻을 수 있었던 또 다른 요인이 바로 인도의 급격한 경제 성장이었다.

지구촌 어디에서나 경제 발전의 양상에서 공통적으로 나타나는 현상은, 수입 증가에 따라 국민의 지방 소비가 증가한다는 것이다. 인도 역시 예외가 아니었다. 1993년부터 2013년 사이에 인도의 1인당 GDP는 298달러에서 1452달러로 증가했다. 같은 기간 동안 지방 소비는 시골 지역에서는 35퍼센트, 도시 지역에서는 25퍼센트가 늘었다. 이러한 지방 소비 증가를 이끈 주역은 팜오일이었다. 빈민층을 위한 음식 배급 네트워크인 국영 '공정 가격 점포fair price shops'들은 1978년부터 주로 요리 용도의 수입산 팜오일을 판매하기 시작했다. 그로부터 2년 후에 29만 개 점포에서 처리된 물량은 27만 3500톤이었다. 1995년 인도의 팜오일 수입은 거의 100만 톤으로 뛰어올랐고, 2015년에는 900만 톤을 넘어섰다. 같은 기간 동안 인구는 36퍼센트 증가했고, 빈곤율은 절반으로 떨어졌다.

인도에서는 이제 팜오일이 요리에만 사용되지는 않는다. 현재 팜오일은 성장하고 있는 인도의 정크푸드junk food 업계에서 중요한 역할을 하고 있다. 인도의 패스트푸드 시장은 2011년에서 2016년 사이에만 83퍼센트가 성장했다. 《네이션The Nation》지에 따르면, 인도에서 운영 중인 도미노피자, 서브웨이, 피자헛, KFC, 맥도날드, 던킨도너츠 등의 점포 수는 2784개에 이르는데, 이 모든 곳들이 팜오일을 사용하고 있다. 같은 기간 동안 포장 식품 매출액은 138퍼센트로 가파르게 치솟았다. 몇 푼만 쥐여 주면 팜오일이 포함된 과자들을 수십 봉지나 살 수 있다.

　팜오일의 유용함은 식품에만 한정되지 않는다. 다른 오일과는 다르게, 팜오일은 여러 형태의 용액들로부터 저렴하고 간단하게 '분류'되어 여러 가지 다른 용도로 사용될 수 있다. "가용성이 좋다는 점이 팜오일의 가장 뛰어난 장점이죠." 말레이시아에서 팜오일을 생산하는 업체인 유나이티드 플랜테이션United Plantations Berhad의 대표 이사 칼 벡-닐슨Carl Bek-Nielsen의 말이다.

　가공식품 산업계에서 팜오일이라는 마법의 성분을 발견해 낸 지 얼마 지나지 않아서, 퍼스널 케어 용품과 운송 연료 같은 산업군에서도 다른 오일들에 대한 대체품으로 팜오일을 사용하기 시작했다. 애초에는 인식 개선의 용도로 선택되었다가 기존 성분보다 더 나쁜 것으로 밝혀진 트랜스 지방과는 달리, 팜오일은 처음부터 친환경적인 것으로 받아들여졌다.

　팜오일이 전 세계 식품 분야에서 널리 쓰이게 되면서, 세정 용품이나 비누, 샴푸, 로션, 화장품과 같은 퍼스널 케어 용품에서도 동물성 성분들을 대체하게 되었다. 현재 적어도 한 가지 이상의 팜오일 관련 성분이 포함된 퍼스널 케어 용품의 비율은 70퍼센트에 달한다.

　역사적으로 비누는 거의 대부분 동물성 수지로 만들어

졌다. 인도 아대륙에서 처음 만들어진 샴푸는 애초에 식물성 계면 활성제로 만들어졌다. 계면 활성제는 세정제와 유화제, 기포제의 역할을 하는 성분이다. 이후 합성 재료들이 인기를 끌었고, 20세기에는 동물성 수지가 첨가되기 시작했다. 1980년대에 들어서면서 퍼스널 케어 용품 산업은 소비자들이 '천연 성분'을 선호한다는 사실을 포착하기 시작했다. 화학 기업 크로다Croda에서 기업 지속 가능성을 담당하는 부사장인 크리스 세이너Chris Sayner는 당시의 이런 현상을 두고 이렇게 말했다. "소비자들은 동물성보다는 식물성을 선호했습니다." 크로다에는 동물성 수지가 들어 있지 않은 식물성 계면 활성 성분으로 제품을 생산할 수 있는지에 대한 고객들의 문의가 쇄도했다.

유니레버의 반 두이즌이 발견해 냈던 것과 마찬가지로, 팜오일과 팜핵오일이 완벽한 교체 선수로 투입되었다. 대체 성분을 찾아 헤매던 제조업체들은 팜오일과 팜핵오일에 동물성 수지와 같은 종류의 지방 성분이 포함되어 있다는 사실을 발견했다. 그런 장점을 가지고 있으면서 동시에 수많은 제품군에서 사용될 수 있는 다른 대체품은 없었다. 세이너의 회상이다. "동물성 수지를 대체할 다른 성분들을 찾아봤지만, 결국 팜오일과 팜핵오일이 대체 성분으로 낙점을 받았습니다."

1990년대 초반에 광우병이 발병하고 소고기를 먹은 사람들 가운데 일부가 소의 뇌질환에 감염되면서 동물성 물질을 배제하는 움직임이 더욱 거세졌을 것이라고 세이너는 생각한다. "여론이나 브랜드 가치, 마케팅적 관점을 모두 함께 놓고 보자면, 퍼스널 케어처럼 유행을 따르는 산업에서 동물성 물질에 기반을 둔 상품들은 더 이상 설 자리가 없어진다는 걸 알 수 있었죠." 크로다가 제품을 공급하는 유럽과 미국 전역의 기업들에서 일대 전환이 시작되었다.

동물성 지방에서 팜오일로의 전환에는 다소 아이로니컬한 부분이 있다. 동물성 수지가 비누와 같은 제품에 사용되던 과거에는, 식육 산업에서 나온 부산물인 동물성 지방이 유용하게 쓰였다. 이제는 보다 '자연스러운' 성분을 원하는 소비자들의 기호에 맞추기 위해서, 비누나 세정제, 화장품을 만드는 제조업체들은 인근 지역에서 쏟아지는 부산물을 놔두고 굳이 수천 킬로미터나 떨어진 나라들에서, 그곳의 환경을 파괴하는 물질을 수송해 오고 있는 것이다. (물론 식육 산업도 환경적으로 피해를 일으키는 부분은 있다.) 세이너는 묻는다. "바로 우리 집 문 앞에 있는 부산물을 사용하는 것보다 더 환경적으로 좋은 게 있을까요?"

바이오 연료의 영향도 만만치 않았다. 환경적인 피해를 줄이고자 했던 의도와는 다른 결과로 이어진 것이다. 1997년 EU는 에너지 전체 소비에서 재생 원료를 통해 얻는 비율을 높일 필요가 있다는 보고서를 발표했다. 3년 후에는 운송 수단의 연료로서 바이오 연료가 지닌 장점에 대해 언급했다. 2009년에는 재생 에너지 지침RED·Renewable Energy Directive을 제정했는데, 2020년까지 운송 연료에서 바이오 연료가 차지하는 비중을 10퍼센트로 올리겠다는 내용이 포함되어 있었다.

식품 산업이나 가정, 퍼스널 케어 용품에서 팜오일이 완벽한 대체재 역할을 할 수 있었던 것과는 달리, 바이오 연료로서는 팜오일과 식용유, 랩시드(유채씨)오일, 해바라기씨유가 모두 똑같은 성능을 낸다. 그러나 팜오일에는 다른 모든 오일을 앞서는 한 가지 결정적인 장점이 있었다. 바로 가격이다.

무역 기구인 말레이시안 팜오일 위원회의 CEO 칼랴나 순드람Kalyana Sundram은 EU의 정책으로 인해서 "팜오일을 활용하는 전례 없던 시장이 형성되었다"고 말한다. 2007년 미국이 바이오 연료에 대한 자체적인 지침을 도입했던 것에서 볼 수 있듯, 서구에서는 화석 연료의 환경적 폐해를 줄이고자 하는 규제안들이 도입되기 시작했다. 이로 인해 상대적으로 저개발된 국가들에서 환경적으로 심각한 연쇄 작용이 나타났고, 이는 지구 온난화에도 중대한 영향을 미치게 되었다.

RED 도입 이듬해, EU의 팜오일 수입량은 15퍼센트 급등해 역대 최고치를 기록했는데, 그다음 해에는 다시 19퍼센트 상승했으며, 2011년부터 2014년까지 EU의 바이오 연료 사용량은 세 배 증가했다. 바이오 연료의 원료에서 팜오일이 차지하는 비중은 같은 기간 동안 다섯 배로 늘어났다. 현재 EU에서 사용되는 팜오일의 절반은 바이오 연료에 이용되는데, RED의 당초 목표치보다 두 배나 많은 수치다. 지속 가능성에 대한 조항이 나중에 추가되었고, ─ 옥스팜Oxfam이나 환경 단체들은 그 실효성에 대해 비판적이다 ─ 2019년 2월 EU 집행위원회가 삼림 파괴와 관련된 바이오 연료 작물에 대한 새로운 규제안을 제시했지만, 그로 인한 피해들은 이미 발생한 뒤였다.

팜오일의 생산 혁신과 빈곤 퇴치 프로젝트

이처럼 팜오일의 지배력이 높아질 수 있었던 데에는 많은 행운이 있었다. 야자나무는 다년생이고 상록수이며 1년 내내 재배가 가능하다. 새싹부터 키울 필요가 없는 다년생 나무여서 광합성 등 생장 활동을 하는 데 특히 효율적이며, 다른 식물성 오일의 원료들보다 기름을 만드는 과정이 간단하기 때문에 제조 단가도 줄일 수 있다. 야자나무는 다른 작물이 견딜 수 없는 토양에서도 잘 자란다. 무엇보다도 중요한 것은, 팜오일은 다른 어떤 오일용 작물보다도 단위 면적당 산출량이 높다. 팜오일의 단위 면적당 산출량은 랩시드의 거의 다섯 배, 해바라기씨유보다는 여섯 배, 식용유보다는 여덟 배 이상 많다. 팜오일을 반대하고 이를 대체할 다른 작물을 심게 되면 더 많은 농지와 삼림이 파괴된다는 뜻이다.

말레이시안 팜오일 위원회의 순드람은 이렇게 말한다. "팜오일은 다른 어떤 식물성 지방이나 동물성 지방들보다도 제조 비용이 훨씬 더 저렴합니다. 산업이라는 건 단순합니다. 소비자들에게 싼값에 팔아 치우는 거죠."

팜오일의 이런 산업적인 장점들은 수십 년 동안이나 알려지지 않고 있었는데, 스코틀랜드 출신의 레슬리 데이비슨 Leslie Davidson이 이 산업의 역사에서 가장 중요한 혁신을 일으키면서 불길이 타오르게 되었다. 1951년 당시 스무 살이던 데이비슨은 유니레버의 농장 한 곳에서 일하기 위해 영국령 말레이반도(현재의 말레이시아)로 간다. 4년 후 그는 카메룬으로 근무지를 옮기게 된다. 서아프리카가 원산지인 야자나무는 1875년에 말레이시아로 전파되었다. 카메룬에 온 데이비슨은 쌀벌레를 닮은 곤충들이 야자수 열매 주위에 들러붙어 있는 것을 발견했다. 말레이반도에서는 꽃을 수분시키기 위해서 농장 한 곳마다 수백 명의 사람들에게 일당을 주고 일일이 손으로 작업을 해야 했다. 그런데 카메룬에서는 수분 작업이 훨씬 더 효율적으로 자연스럽게 일어나고 있었다.

1960년 유니레버는 데이비슨을 다시 말레이반도로 보내는데, 이곳에 도착한 그는 상부에 보고했다. 말레이시아에서는 완전히 잘못된 방식으로 야자수의 수분 작업을 하고 있으며, 곤충들을 이용하면 자연적으로 수분을 시킬 수 있다는 내용이었다. "하지만 회사에서는 당신 일이나 신경 쓰고, 이 문제에는 더 이상 관여하지 말라고 그에게 말했습니다." 당시 데이비슨을 알고 지내던 (유나이티드 플랜테이션의 대표 이사인) 칼 벡-닐슨의 회상이다.

1974년 데이비슨은 유니레버 인터내셔널 농업 그룹의 부회장 자리에 오른다. 그는 세 명의 곤충학자들을 채용한다. 파키스탄의 과학자인 라흐만 시에드Rahman Syed가 이끄는 팀원들은 연구를 위해 카메룬으로 파견되었다. 그리고 마침내 시에드는 데이비슨의 직감이 맞았다고 결론을 내린다. 어떤 특정한 종의 쌀벌레가 야자나무를 수분시키고 있었던 것이다. 데이비슨은 그 곤충들을 조금 들여올 수 있는 허가를 말레이시아 정부로부터 받아 냈다.

1981년 2월 21일, 말레이반도 끝의 조호르Johor에 있는 유니레버의 마모르Mamor 농장에서 엘라에이도비우스 카메루니쿠스Elaeidobius kamerunicus라는 종의 쌀벌레 2000마리가 방생되었다. 결과는 즉시 나타났다. 역효과도 없었다. 그러자 이제는 말레이시아 전역으로 이 수분용 쌀벌레가 보급되었다. 이듬해 말레이시아에서는 팜오일 생산량이 40만 톤, 팜핵오일 생산량이 30만 톤 증가하게 된다.

새로운 수분 기법은 팜오일 산업 성장의 핵심 요소였다. 산출량이 올라가면서 나무에 일일이 수분 작업을 하는 데 쓰였던 노동 비용은 과일을 수확하는 작업에 더 효과적으로 쓸 수 있게 되었다. 그리고 야자수 재배를 위한 토지 수요가 폭증했다. 데이비슨은 이렇게 말레이시아와 인도네시아의 운명을 급격하게 바꾸어 놓았다.

하지만 두 나라의 정책 입안자들이 독려하지 않았다면 이런 변화가 가능하지 않았을지도 모른다. 일본 도쿄에 있는 국제연합대학교 고등연구소United Nations University Institute for the Advanced Study의 연구원인 라쿠엘 모레노-페냐란다Raquel Moreno-Peñaranda는 말한다. "양국에서 이 업계에 대한 수많은 지원책들이 있었습니다. 왜냐하면 이 산업이 경제를 발전시킬 수 있는 손쉬운 방법이었거든요." 그는 농업 체계에 대한 연구를 하면서 각국 정부에 조언을 해주고 있다. 말레이시아 1차 산업부primary industries 장관인 테레사 코크Teresa Kok는 2018년 10월 마드리드에서 열린 EU 팜오일 콘퍼런스에서 이렇게 말했다. "팜오일은 빈곤 퇴치와 동일한 의미를 가지는 단어입니다." 말레이시아는 1961년부터 빈곤 완화를 위한 수단으로 야자 수출을 장려하는 정책을 펼쳐 왔다. 영국으로부터 독립한 지 4년이 지난 시점이었다. 그 전까지는 핵심 작물이 고무였지만, 고무 가격이 하락하면서 정부는 고무 농업 대신 야자나무 재배 장려 운동을 시작했다. 1968년 말레이시아는 팜오일 생산자에게 적용되는 세제 우대 혜택을 연이어 발표했다. 이어서 업계에서도 야자에서 오일을 추출하기 위한 도정 공법 개발에 거액을 투자했다. 1970년대 초에 오일 분류 기법이 개발되었고, 이제 팜오일은 식품 제조부터 다른 분야에 이르기까지 활용법이 확대되었다.

최근에는 농장 소유주들이 농장에서 버려지던 비어 있는 과일 송이라든가, 야자수 이파리, 야자열매 껍질, 야자씨 껍질 같은 부산물들을 활용해 수익을 내는 방법을 찾아내고 있다. 도정 작업에 쓰인 폐수는 인근 강줄기에 버려지곤 했지만, 이제는 전기를 생산하는 데 쓰인다. 생산자들은 팜오일 가격이 떨어질 때도 이러한 새로운 수익원을 통해 리스크를 줄일 수 있게 되었다. 바로 지금과 같은 시기처럼 말이다. 인건비와 비료 가격의 상승에도 견딜 수 있다.

팜오일 생산 증대를 이끌었던 정책이 말레이시아나 인도네시아에서만 있었던 것은 아니다. 1970년대 인도네시아 정부는 세계은행World Bank의 여러 정책에 힘입어, 소규모 농장이 야자수를 재배할 수 있도록 지원했다. 1998년 아시아 경제 위기로 이 지역에서의 공산품 수출은 타격을 입었지만, 달러화에 팔리고 있던 원자재의 수출은, 벡-닐슨의 회상에 따르면, "거칠게 일렁이는 바다 위에서 마치 구명조끼처럼 여겨졌다"고 한다. 인도네시아에 대한 IMF의 구제 금융안은 천연자원을 육성해서 수익을 창출하고, 정부가 부과하던 수출세를 없애 국내 가격을 낮게 유지하는 것이었다. 이런 조치들은 야자수 재배가 더욱 확대되는 결과를 낳았다. IMF와 함께 민간 금융권도 생산을 독려해 왔다. 네덜란드의 은행권에서 1995년부터 1999년 사이에 인도네시아의 야자 생산자들에게 대출해 준 금액만 120억 달러(13조 5850억 원)가 넘는다.

지구가 치러야 할 비용

농장 소유주와 노동자, 생산국 정부와 금융업체들은 단기적인 이익을 봤지만, 지구는 기후 변화라는 막대하고 장기적인 대가를 치르게 됐다. 야자수 재배 목적으로 파괴되는 숲은 세계에서 탄소가 가장 풍부한 곳들이다. 그런 숲이 불에 타면서 탄소가 방출된다.

팜오일은 현재 말레이시아 국민 총소득GNI의 13.7퍼센트를 차지하고 있으며, 인도네시아의 최대 수출품이다. 2018년 10월, 마드리드에서 열렸던 EU 팜오일 협회 회의에서, 두 나라 대표단은 자신들이 성공적으로 빈곤을 퇴치할 수 있었던 것은 팜오일 덕분이었다고 자랑스럽게 이야기했다(하지만 적어도 인도네시아의 경작자들에게는 이런 주장이 받아들여지지 않는다. 그들은 거대 농장과는 무관한 농부들을 위해 정부와 업계가 더 많은 역할을 해야 한다고 요구하고 있다). 또한 이들은 삼림 파괴는 중단된 상태이며, 지속 가능성은 확보되었다고 말했다. 지난

10년 동안에 삼림 파괴가 증가한 지역들이 있다는 다른 참석자의 발언에도 불구하고 말이다. (2018년 9월 인도네시아 대통령은 새로운 야자수 농장 개발을 3년간 중지시키는 시행령에 서명했다.)

원료 생산국은 원료 수입업체만 상대하면 되지만, 수입업체는 소비자를 상대해야 한다. 2004년 환경 NGO인 '지구의 벗' 영국 지부는 팜오일 생산이 일으키는 삼림 파괴를 조사한 보고서를 발간했다. 이로 인해 대중적인 비판 여론이 확산되었고, 삼림 파괴가 지속될 경우 생산자들의 평판에도 좋지 않은 영향을 미치게 될 것이라는 우려가 제기됐다. 그러자 그해에 세계 야생 동물 기금WWF은 야자수 재배업자들과 제조업체들, 유통업체들이 모인 '지속 가능한 팜오일 원탁회의RSPO·Roundtable on Sustainable Palm Oil'를 설립할 것을 제안했다. 10년 후, 팜오일을 사용하는 대부분의 메이저 업체들이 참여한 가운데 RSPO가 설립되었다. 이 단체는 지속 가능성을 목표로 삼았다. 전 세계에서 팜오일을 사용하는 제품들의 19퍼센트가 이곳에서 지속 가능성 인증을 받았다. 하지만 그린피스에서 갈라져 나온 단체인 환경 조사 기구EIA·Environmental Investigation Agency는 3년 전, RSPO가 "형편없이 수준 미달"이며 "위반 행위를 감추기 위해 결탁하는 사례"도 있다는 사실을 발견했다 (RSPO는 이에 대해 "우리는 EIA의 보고서에 담긴 주장들을 매우 심각하게 받아들이며, 보다 심도 있는 대화와 향후의 인증 시스템 개선을 위한 좋은 기회로서 환영한다"는 입장을 발표했다).

　　팜오일이 지속 가능하게 생산되고 있는지를 확인하는
것은 극도로 어려운 작업이다. 말레이시아에만 도정 공장이
수백 곳 있는데, 각 공장에서는 여러 농장에서 가져온 야자수
열매를 섞어 사용한다. 배합의 종류와 파생물이 엄청나게 다
양하기 때문에, 팜오일의 공급 과정은 어떤 성분보다도 복잡
하다. 지속 가능성 인증 시스템이 원래 계획대로 이루어진다
고 하더라도 환경주의자들이 비판적인 태도를 취하는 이유
가 바로 이것이다. 예를 들면, 아주 최근에 파괴된 삼림 지역
에서 재배된 팜오일을 99퍼센트 포함한 상품이라고 하더라
도 '지속 가능성 인증' 마크를 받을 수 있다. RSPO는 덜 엄격
한 기준을 두는 것이 참여를 증진시킨다고 말한다. 그리고 인
증 받은 팜오일을 더 높은 가격에 팔 수 있다는 사실을 경험하
면 소매 상품 제조업체들이 더 높은 수준의 인증을 획득하려
할 것이라고 기대한다.

　　EU 팜오일 협회의 회의가 있기 전, RSPO의 유럽 사업
부 수장인 인케 반 데어 슬루이즈스Inke van der Sluijs는 이렇게 인
정했다. "유통 구조가 길고 복잡하기 때문에, 최고 레벨의 지
속 가능성 인증을 획득하는 업체들은 거의 없습니다." 환경
주의자들은 대체로 RSPO의 인증 시스템이 다른 시스템에 비
해 강도가 높다고 인정하는 편이다. RSPO에서도 제조업체들

로 하여금 인증받은 오일을 사용하도록 권장하고 있다. 그럼에도 불구하고 지속 가능 인증을 받은 팜오일의 절반가량은 인증 표시도 없이 판매되고 있다. 소비자들 다수가 인증받은 팜오일을 사용한 제품에 더 높은 가격을 지불할 의사를 보이지 않는 한, 바뀌는 것은 거의 없을 것이다.

또 한 가지 문제가 되는 것은, 팜오일 생산지로 표시되는 곳의 거의 대부분이 야자나무 재배지가 아니라 추출 공장이라는 점이다. 지속 가능성 인증 시스템을 만드는 데 일조했던 WWF와 인도네시아 환경 NGO들이 모여 만든 삼림 감시 Eyes on the Forest 단체는 2016년 발표한 보고서에서 이렇게 주장한다. "오일 추출 공장을 생산지로 표시하는 것은 시간과 비용 낭비이며, 불법적인 상품들이 유통되는 문제에 대한 어떠한 해결책도 되지 못한다." 현재 야자의 재배지와 생산지를 추적하기 위한 기술이 개발되고 있다. 궁극적으로는 팜오일 생산을 위해 새로운 삼림 파괴가 일어나는 것을 막을 수 있을 것으로 보인다.

야자수 재배로 인한 삼림 파괴를 중단시키고자 하는 사람들의 또 다른 희망 사항이 있다면, 그것은 바로 산출량 증대다. 기존의 재배지에서 더 많은 오일을 얻을 수 있다면, 보다 많은 경작지를 확보하기 위해 다양한 생물들이 살고 있는 숲을 굳이 파괴할 필요가 없다는 생각이다. 정부 기구인 말레이시안 팜오일 위원회의 유전학 부문을 이끌고 있는 라진더 싱 Rajinder Singh은, 산출량과 관련된 특정한 유전적 특질을 잘 선택한다면 산출량이 많지 않은 나무를 더 심기 위해서 대지를 파괴하지 않아도 된다는 사실을 밝혀냈다. 현재의 최대 산출량은 1헥타르당 대략 6~7톤이지만, 싱은 기존 야자들과 비교해서 오일 생산량이 "거의 두 배에 달하는" 야자들을 만들어 냈다고 한다. 생산 주기가 25년에서 30년에 달하는 현재 나무들의 수명이 다하게 되면, 이제는 보다 생산성이 높은 종들이 그 자리를 대체하게 될 것이다.

하지만 그루당 생산량이 두 배에 달한다고 하더라도, 거의 네 배에 이를 것으로 보이는 2050년의 수요를 감당하기에는 부족하다. 해결책을 찾기는 쉽지 않다. 야자를 다른 오일로 대체하게 되면 오히려 삼림 파괴만 가속될 뿐이다. 단위 면적당 산출량에 있어서 야자를 따라올 만한 경쟁자가 없기 때문이다. EU 팜오일 동맹에서 조사한 바에 따르면, 오일이나 지방 작물 경작지 전체 면적에서 야자수가 차지하는 비중은 6.6퍼센트에 불과하지만 생산량은 38.7퍼센트를 차지한다. 콜롬비아는 과거에 코카와 같은 불법 작물들을 기르던 지역들에서 팜오일을 생산하기 위해 분발하고 있지만, 아시아의 생산량을 따라잡기에는 한참 멀었다.

팜오일은 많은 산업들을 견인할 수 있었던 완벽한 성분

이었고, 경제를 발전시킬 수 있었던 완벽한 수출품이었으며, 긴밀하게 연결된 세계 경제를 위한 완벽한 원재료였기 때문에 오늘날 이렇게 광범위하게 쓰이는 물질이 되었다. 그와 동시에 부유한 국가의 소비자들은 개발 도상국에 넘쳐나는 저렴한 노동력과 소중한 열대 우림들을 이용하고 있고, 이 나라들은 경제 성장에 박차를 가하기 위해 소중한 자원들을 헐값에 기꺼이 넘기고 있다.

하지만 이런 모델은 지속 가능하지 않다. 이런 현상이 계속된다면, 삼림과 함께 그 안에 살고 있는 생명체들이 모두 사라지게 될 것이다. 그리고 노동자 일부가 계층의 사다리를 타고 올라가게 되면 야자를 따는 일보다 더 좋은 일을 할 수도 있다는 사실을 깨닫게 될 테고, 결국 노동 비용은 증가하게 될 것이다. 최종적으로는 팜오일 생산자와 소비자에게는 아무것도 남지 않게 될 것이다.

지속 가능한 상품이라는 건 지역에서 생산되고 지역에서 소비되는 것이다. 만약 소비자들이 팜오일의 생산 과정을 직접 보게 된다면, 현재의 가격은 그 비용으로는 터무니없다는 생각이 들 것이다. 눈에 보이지 않는 것에는 관심을 갖기가 쉽지 않다. 이런 현실을 바꾸려면 아마도 조금은 마법 같은 일이 일어나야 할 것 같다.

저자 스티븐 부라니(Stephen Buranyi)는 영국의 작가이며 면역학 분야의
전 연구원이다.
역자 서현주는 한양대학교 사회학과를 졸업하고 HENKEL과 VISA의 한국 법
인에서 근무했다. 현재는 방송 분야에서 프리랜서로 활동 중이다.

차가운 공기가 세계를 뜨겁게 만들고 있다

무더운 7월의 목요일 저녁, 뉴욕 전역의 사람들은 올해 가장 더운 주말이 될 것이라는 기상학자들의 예측에 대비하고 있었다. 지난 20년 동안, 뉴욕의 전력 사용량 최고 기록은 폭염 기간에 발생했다. 수백만 명의 사람들이 동시에 에어컨을 켰기 때문이다. 1000만 명 이상의 뉴욕 시민들에게 전기를 공급하는 회사 콘 에디슨Con Edison이 미드타운의 본사 19층 회의실에 비상 지휘 센터를 설치한 이유다.

80명에 가까운 기술자와 회사 임원들이 참석한 회의에는 뉴욕시 비상 관리 부서 관계자들도 있었다. 이들은 도시 전력망의 상태를 모니터링하고 지상팀을 지휘하며 각 자치구의 전기 사용량이 표시되는 눈금판을 지켜보았다. "《스타 트렉Star Trek》의 함교와 비슷한 풍경이었습니다." 이 회사의 전직 시스템 운영자였던 앤서니 수오조Anthony Suozzo가 나에게 말했다. "모두가 준비되어 있었고, 스코티(Scotty·스코틀랜드 남자를 부르는 흔한 별명)에게는 수리를 지시했죠. 시스템은 최대치로 돌아가고 있었습니다."

전력망의 규모는 한 번에 통과할 수 있는 전기의 양으로 측정된다. 뉴욕시와 웨스트체스터 카운티를 가로지르는 62개의 변전소와 13만 마일(20만 9214킬로미터) 이상의 송전선 및 케이블을 갖춘 콘 에디슨의 전력망은 매초 1만 3400메가와트의 전기를 보낼 수 있다. 대략 1800만 마력에 해당하는 규모다.

평상시 뉴욕시의 전기 사용량은 1만 메가와트가량이다. 폭염 기간에는 1만 3000메가와트를 초과하기도 한다. "계산을 해보세요. 둘 사이의 차이가 얼마든 그건 냉방 때문에 발생한 겁니다." 콘 에디슨의 대변인 마이클 클렌데닌Michael Clendenin 의 말이다. 극도로 높은 기온과 폭증하는 전력 수요의 조합은 일부 시스템의 과열 및 고장으로 이어지고 정전을 일으킬 수 있다. 2006년 전력 장비의 고장으로 뉴욕 퀸스Queens 지역의 주민 17만 5000명이 일주일간 정전 상태로 생활했다. 40명이 사망한 폭염이 지역을 휩쓸었을 때였다.

2019년 7월 20~21일 콘 에디슨은 뉴욕의 브루클린과 퀸스의 고객 5만 명에게 공급되는 전력을 24시간 동안 차단했다. 36도가 넘는 기온 속에 초당 1만 2000메가와트를 넘는 전력 수요로 뉴욕의 송전망이 붕괴될 위기에 처했기 때문이었다. 송전망이 붕괴되면 수십만 명의 사람들이 며칠간 전력을 사용할 수 없게 된다. 주 정부는 주민 지원을 위해 경찰을 파견했고, 콘 에디슨 직원들은 냉방에 활용할 수 있는 드라이아이스를 나눠 줬다.

세계가 더워질수록 이런 일들은 점점 더 많이 발생할 것이다. 에어컨 구입은 더위에 대응하는 가장 쉬운 방법일 것이다. 그리고 에어컨은 유난히 전력 소모가 많은 가전제품이다.

방 하나를 시원하게 만드는 소형 에어컨은 4개의 냉장고를 가동하는 것보다 더 많은 전력을 소비한다. 평균적인 집 한 채를 냉방할 수 있는 에어컨은 냉장고 15개 이상의 전력을 소비한다. 국제에너지기구IEA의 존 둘락John Dulac 애널리스트는 "지난해 베이징에 폭염이 발생했을 때, 전력 용량의 50퍼센트가 냉방에 쓰였다"면서 "이럴 때 당황스런 일이 생길 수 있다"고 말했다.

현재 전 세계에 10억 개가 넘는 싱글 룸 에어컨이 있다. 일곱 명당 한 대꼴이다. 많은 보고서들은 2050년까지 에어컨의 수가 45억 대를 넘어설 것으로 예상하고 있다. 에어컨이 휴대 전화만큼이나 흔해지는 것이다. 미국은 이미 매년 영국의 전체 전기 사용량에 맞먹는 수준의 전기를 에어컨에 사용하고 있다. IEA는 전 세계 국가들이 미국과 비슷한 상황이 되면서 에어컨에 전 세계 전력의 약 13퍼센트를 사용하게 될 것이라고 예상한다. 에어컨은 현재 세계 3위의 탄소 배출국 인도와 같은 수준인 연간 20억 톤의 이산화탄소를 내뿜을 것이다.

이 모든 보고서들은 이 순환 고리의 끔찍한 아이러니에 주목한다. 더워질수록 더 많은 에어컨을 만들고, 에어컨이 많아질수록 온도는 더 올라간다. 에어컨에 의해 야기되는 문제는 우리가 기후 위기에 대응하면서 직면하게 되는 문제와 유사하다. 우리가 가장 쉽게 접근할 수 있는 해결책은 결국 우리를 근원적인 문제에 더 가까이 묶어 둘 뿐이다.

전 세계를 지배하는 에어컨 사용은 불가피한 일이 아니었다. 1990년만 해도 전 세계에 에어컨은 약 4억 대에 불과했는데, 대부분 미국에 있었다. 당초 산업용으로 만들어진 에어컨은 현대성과 편리함의 상징이 되면서 생활의 필수품으로 자리 잡았다. 그리고 세계화되었다. 오늘날 우리는 기후 위기의 다른 원인들과 마찬가지로 에어컨 문제를 해결하기 위한 방법을 찾고 있다. 그리고 우리가 어쩌다 우리를 집어삼키는 기술에 이렇게까지 밀접하게 얽매이게 되었는지를 고민하고 있다.

주택 건설 붐과 신의 선물

수도관이나 자동차처럼 에어컨은 세상을 변화시킨 기술이다. 리콴유李光耀 싱가포르 초대 총리는 에어컨을 "역사적으로 귀중한 발명품 중 하나"라고 했다. 열대 기후인 싱가포르의 급속한 현대화를 가능케 해준 기술이라는 이유에서다. 1998년 미국의 학자인 리처드 네이선Richard Nathan은 《뉴욕타임스》 인터뷰에서 에어컨이 '민권 혁명'과 더불어 미국의 인구 구조와 정치를 변화시킨 가장 중요한 요인이 되었다고 지적했다. 에어컨으로 인해 날씨는 덥고 정치적으로는 보수적인 미국 남부에서 광범위한 택지 개발을 할 수 있었기 때문이다.

　　한 세기 전만 해도 현재와 같은 상황을 예견한 사람은

거의 없었다. 도입 초기 50년 동안 냉방 설비는 주로 공장과 일부 공공장소에 제한적으로 공급되는 시스템이었다. 에어컨은 1902년 브루클린의 인쇄 공장에서 습도 저감 문제를 담당했던 난방·환기 장치 기업의 미국인 엔지니어 윌리스 캐리어Willis Carrier가 최초로 발명했다. 오늘날 우리는 에어컨의 목적이 더위를 해소하는 것이라고 생각하지만, 당시 엔지니어들은 온도에만 관심이 있었던 것은 아니었다. 그들은 산업 생산을 위해 가능한 한 가장 안정적인 조건을 만들어 내고자 했다. 인쇄 공장에서는 습도가 종이를 감기게 하고 잉크를 번지게 하는 문제가 있었다.

캐리어는 공장의 공기에서 열을 제거하면 습도가 낮아진다는 것을 깨달았다. 그래서 초기의 냉장고에서 기술을 빌려 확장된 냉장고 형태를 만들었다. 에어컨은 지금처럼 따뜻한 공기를 들이마시고 차가운 표면을 지나면서 시원하고 건조한 공기를 내뿜는 방식으로 작동했다. 이 발명은 섬유, 군수품 및 제약 공장 등 다양한 산업 분야에서 즉각적인 성공을 거뒀고, 이후 다른 영역에서도 인기를 끌기 시작했다. 하원의회는 1928년에 에어컨을 설치했고, 1929년에는 백악관과 상원이 뒤를 이었다. 그 사이 대부분의 미국인들은 극장이나 백화점과 같은 장소에서만 에어컨을 접했다. 에어컨은 기쁨을 주는 신기한 물건으로 인식되었다.

1940년대 후반, 에어컨이 일반 가정에 들어오면서 미국을 정복했다. 사학자 게일 쿠퍼Gail Cooper에 따르면, 업계는 에어컨을 사치품이 아닌 필수품으로 인식시키기 위해 고군분투했다. 에어컨 업계 초기에 대해 명확하게 설명하고 있는 책 《에어컨디셔닝 아메리카Air-Conditioning America》에서 쿠퍼는 당시의 잡지들이 에어컨을 실패작으로 묘사했다고 지적한다. 《포천Fortune》은 에어컨을 "1930년대의 가장 큰 대중적 실망" 이라고 지칭했다. 1938년까지 미국에서 400가구당 1가구만 에어컨을 보유하고 있었다. 오늘날 에어컨 보유 비율은 열 가구 중 아홉 가구에 가깝다.

에어컨이 늘어난 이유는 소비자 수요의 폭증이 아니라, 전후 주택 건설 붐을 배경으로 한 산업의 동향이었다. 1946~1965년 미국에서 3100만 채의 새로운 주택이 건설되었다. 집을 짓는 사람들에게 에어컨은 신의 선물이었다. 건축가와 건설 회사들은 더 이상 지역의 기후를 크게 걱정할 필요가 없었다. 이제는 남부 뉴멕시코에서도 북부 델라웨어와 같은 스타일의 집을 팔 수 있었다. 미국 건축학회가 1973년에 발표한 연구대로 "더 많은 에어컨의 맹목적인 적용으로" 무더운 기후, 값싼 건축 재료, 허술한 디자인 또는 열악한 도시계획으로 야기된 어떤 더위라도 극복할 수 있다는 것이 지배적인 사고방식이었다. 쿠퍼는 "건축가, 건설업자, 은행가들이 에어컨을 먼저 수용했고, 소비자들은 단순히 허락만 하면 되는 기정사실로 받아들여야 했다"고 말한다.

에어컨 증가에 필수적인 또 다른 요소는 발전소를 운영하고 소비자에게 전기를 판매하는 회사들의 전기 설비였다. 전력 회사는 모든 신규 주택이 전력망에 연결될 때마다 이익을 얻는다. 그들은 20세기 초 내내 새로운 고객들이 집에서 더 많은 전기를 사용하게 만들 방법을 찾고 있었다. 이 프로세스는 한 번에 사용하는 전기의 양을 의미하는 산업 용어load를 따서 '건물 부하load building'로 불린다. 버지니아 공대의 기술 역사학자 리처드 허쉬Richard Hirsh는 이렇게 말한다. "전기 요금은 저렴했지만, 전력 회사들의 불만은 없었다. 단순히 전력 소비를 늘리고, 더 많은 고객들이 전기를 쓰도록 독려하는 것만으로도 새 발전소를 지속적으로 늘릴 수 있었기 때문이다."

전력 회사는 에어컨이 심각한 수준의 부하를 발생시킨다는 것을 금세 인식했다. 일찍이 1935년에 현재의 콘 에디슨의 전신인 커먼웰스 에디슨Commonwealth Edison은 연말 보고서에서 에어컨의 전력 수요가 연간 50퍼센트 증가했다면서 "미래에 대한 상당한 가능성을 제시했다"고 언급했다. 같은 해, 산업 무역 잡지인《일렉트릭 라이트 앤 파워Electric Light & Power》는 대도시의 전력 회사들이 "현재 에어컨 보급을 촉진시키고 있다"면서 "회사의 이익을 위해서 모든 전력 회사들이 매우 적

극적일 수밖에 없다"고 전했다.

1950년대에는 바로 그 미래가 왔다. 전력 회사는 에어컨을 홍보하는 인쇄, 라디오, 영화 광고를 했다. 에어컨을 설치하는 건설 회사에 자금을 지원하고 할인 혜택을 제공했다. 1957년 커먼웰스 에디슨은 처음으로 난방 기기를 작동시키는 겨울이 아닌, 에어컨을 켜는 여름에 전력 사용량 최대치를 기록했다고 발표했다. 1970년까지 미국 주택의 35퍼센트가 에어컨을 사용했는데, 이는 불과 30년 전의 200배가 넘는 수치였다.

동시에 미국 전역에는 에어컨이 탑재되어야 할 상업용 건물들이 잇따라 생겨나고 있었다. 햇빛 반사력이 약하고, 환기 기능이 부족해서 전력 소비의 절반 이상을 냉방에 써야 하는 통유리 고층 건물이 대세가 되었다. 1950~1970년 상업용 건물의 평방피트당 평균 전기 사용량은 두 배 이상 증가했다. 1974년에 완공된 뉴욕의 세계 무역 센터World Trade Center에는 9개의 거대한 엔진과 270킬로미터가 넘는 냉난방용 배관을 갖춘, 당시로서는 세계에서 가장 큰 에어컨이 설치됐다. 당시 논평가들은 세계 무역 센터가 매일 인구 8만 명의 인근 도시 스키넥터디Schenectady 전체와 같은 양의 전기를 사용한다고 지적했다.

에어컨 업계, 건설 회사, 전력 회사는 모두 전후 미국 자본주의의 물결을 타고 있었다. 그들은 이익을 추구하면서 에어컨을 미국 생활의 필수적인 요소로 만들었다. 에어컨 회사의 한 임원은 1968년《타임》에 "우리 아이들은 냉방 문화에서 자란다"며 "그들이 에어컨이 없는 집에서 살기를 기대할 수는 없다"고 말했다. 시간이 지나면서 대중은 에어컨이 좋다는 것을 깨달았고, 사용량은 계속 증가했다. 2009년에는 미국의 에어컨 사용 가구가 전체의 87퍼센트에 달했다.

전후의 건설 붐은 이 모든 새로운 건물들이 엄청난 양의 전력을 소비할 것이지만, 이로 인해 미래에 심각한 문제가 야기되지는 않을 것이라는 생각을 바탕으로 하고 있다. 1992년 학술지《에너지 앤드 빌딩스Energy and Buildings》는 미국인의 에어컨 중독이 엄청난 타락의 상징이라고 주장하는 영국의 보수주의 학자 그윈 프린스Gwyn Prins의 논문을 실었다. 프린스는 미국을 지배하는 신조를 다음과 같이 요약했다. "우리는 시원할 것이다. 우리의 접시는 가득 찰 것이고. 가스는 갤런당 1달러가 될 것이다. 아멘."

전 세계를 휩쓸다

에어컨은 미국의 도시를 재편했지만, 다른 지역에는 거의 영향을 미치지 못했다. (얼리 어답터였던 일본, 호주, 싱가포르 등 일부 예외를 제외하면 그렇다.) 그러나 이제 에어컨은 마침내 전 세계를 휩쓸고 있다. 미국 전역에 걸친 에어컨의 발달이 전후의 건설과 소비 붐에 따른 것이었다면, 최근의 확산은 세계화의 과정을 따르고 있다. 다른 나라들이 미국화된 건축 방식과 생활 방식을 채택하면서 에어컨도 받아들인 것이다.

1990년대에 아시아 전역의 많은 국가들이 외국에 투자를 개방하고 전례 없는 도시 건설에 착수했다. 지난 30년 동안, 인도에서는 약 2억 명의 사람들이 도시로 이주했다. 중국에서는 그 수가 5억 명 이상이다. 뉴델리에서 상하이에 이르기까지 에어컨이 완비된 오피스 건물, 호텔, 쇼핑몰이 속속 생겨나기 시작했다. 이 건물들은 뉴욕이나 런던의 건물과 구별할 수 없을 정도로 비슷했다. 실제로 같은 건축가와 건설업자들이 만든 건물도 많았다. 에너지 절감 디자인을 바탕으로 한 주거 공간 설계에 집중하는 인도 건축가 아쇼크 랄Ashok Lall은 "고급 건물을 짓기 위해 전 세계에서 돈이 들어올 때, 미국이나 유럽의 디자이너나 자문 회사가 따라오는 경우가 많다"며 "그리고 그들은 에어컨과 패키지로 온다. 사람들은 그것이 진보를 의미한다고 생각했다"고 말했다.

건축의 규모가 커지고 속도가 빨라지면서 온도를 낮추는 전통적인 건축 기술들은 폐기되었다. 호주 시드니 공과대학의 인도인 건축학 교수인 리나 토머스Leena Thomas는 나에게 1990년대 초반 델리에서 창문 방충망이나 건물 입구의 외벽, 브리즈솔레이유(brise-soleils·햇볕을 가리기 위해 건물의 창에

댄 차양)를 통해 열기에 대응했던 오랜 건축 디자인 형태가 미국이나 유럽식으로 서서히 바뀌었다고 말했다. 그녀는 "나는 이 국제적인 양식이 책임져야 할 문제가 많다고 생각한다"고 지적했다. 20세기의 미국처럼, 그러나 훨씬 더 큰 규모로, 에어컨을 필수 불가결하게 만드는 방식의 집과 사무실은 더 많이 건설되고 있다. 인도 아마다바드Ahmedabad 셉트대학의 건축 및 도시 계획 전공 교수인 라잔 라왈Rajan Rawal은 "개발자들은 생각 없이 건물을 짓고 있었다"며 "공사 속도를 맞추라는 압박을 받았고, 그래서 그들은 단순히 일단 짓고 나중에 기술로 문제를 바로잡으려 했다"고 말했다.

아쇼크 랄은 저렴한 주택도 신중하게 설계하면 에어컨 사용을 줄일 수 있다고 말한다. 그는 "열린 공간의 크기, 벽면의 면적, 내열 설계, 그늘, 방향으로 균형을 맞추면 된다"고 강조하면서, 부동산 개발 업자들은 보통 이런 문제에 관심이 없다고 말한다. "적정한 규모의 옥상 그늘이나 단열재 같은 작은 부분도 저항을 받습니다. 건설업자들은 이런 요소에서 어떤 가치도 느끼지 못하는 것 같아요. 그들은 서로 붙어 있는 10~20층짜리 건물을 지으려고 합니다. 이것이 바로 지금 비즈니스가 작동하는 방식이고, 도시가 요구하고 있는 건축입니다. 모두 투기와 땅값 때문에 벌어지는 일입니다."

이러한 에어컨에 대한 의존은 중국 미술 평론가 호우 한

루Hou Hanru가 '탈계획의 시대epoch of post-planning'라고 지칭하는 흐름과 맞물린 하나의 현상이다. 오늘날 우리가 전통적으로 생각해 왔던 중앙 집중화되고, 체계적이며 발전적인 개발 계획은 거의 모두 사라졌다. 시장은 놀라운 속도로 개발을 지시하고 할당하며, 실제 거주자들이 살아가는 데 필요한 조건들은 나중에 단편적인 방식으로 제공한다. 필리핀에서 에어컨의 사용을 연구하는 사회학자 말린 사하키안Marlyne Sahakian은 "거대한 타워들은 올라가고 있고, 그것은 이미 에어컨의 필요성이 건물 내부에 고착화된다는 의미"라고 말한다.

말레이시아의 영향력 있는 건축가 켄 양Ken Yeang은 최근 런던에서 나와 함께 커피를 마시면서, 화석 연료에 의존하여 환경을 통제하는 건축가와 건설업자로 인해 그렇지 않은 한 세대가 완전히 사라져 버린 것을 한탄했다. 그는 "건물들은 이미 많은 피해를 일으켰고, 내 세대에서는 완전히 희망을 잃어버렸다"면서 "아마도 다음 세대에나 구조 작업을 계획할 수 있을 것"이라고 우려했다.

에어컨 지지자들에게 에어컨은 소비자의 경제적 계층이 상승하면서 삶을 개선하는 간단한 선택지로 인식된다. 일본의 거대한 에어컨 제조 회사인 다이킨Daikin의 인도 지사 임원은 지난해 AP통신과의 인터뷰에서 "에어컨은 더 이상 사치품이 아니라 필수품이며 모든 사람은 에어컨을 가질 자격이 있다"고 말했다.

70년 전 미국에서 벌어진 일들이 지금 인도 라자스탄Rajasthan에서 반복되고 있다. 일단 사람들의 삶에 에어컨이 자리 잡으면, 그들은 에어컨을 계속 쓰기를 원한다. 이런 현상은 소비자의 선택이 통제 불가능한 힘에 의해 만들어지고 있다는 사실을 모호하게 만든다. 메리 매카시Mary McCarthy는 1967년 출간한 책《베트남Vietnam》에서 미국에서 생활할 때 경험한 선택의 미묘한 제약을 되돌아보며 이렇게 회상했다. "미국 호텔 객실에서는 에어컨을 켤지 말지 결정할 수 있지만, 창문을 열 수는 없다."

기술은 우리를 구원하는가

현대 도시를 전면적으로 정비하지 않으면서 에어컨이 발생시키는 문제를 해결하는 방법은 더 나은 에어컨을 만드는 것이다. 개선의 여지는 충분하다. 에어컨의 발명은 최초의 비행기, 라디오 방송보다 앞섰다. 그러나 에어컨의 기반 기술은 1902년 이후 크게 변하지 않았다. 건축 서비스 연구 정보 협회의 기술 이사 콜린 굿윈Colin Goodwin은 "에어컨의 모든 것은 여전히 냉장고와 동일한 증기 압축 냉동 회로를 기반으로 하는데, 이는 100년 전과 사실상 동일한 과정"이라면서 "에어컨 구매력은 엄청나게 확대됐지만, 효율성 측면에서는 일부분이 개선되었을 뿐 도약하지 못했다"고 지적한다.

더 효율적인 에어컨을 만들 수 있도록 엔지니어들을 독려하는 한 가지 방법이 있다. 지난해 미국의 에너지 정책 싱크탱크인 로키 마운틴 인스티튜트Rocky Mountain Institute·RMI는 세계 냉각상Global Cooling prize을 신설하고 300만 달러(35억 5800만 원)의 상금을 내걸었다. 목표는 기존의 표준 모델보다 5배 이상 효율이 높으면서도 생산 비용은 2배 이상 투입되지 않는 에어컨 설계다. 유엔 환경 프로그램과 인도 정부의 지지를 받고 있는 이 시상식은 개인 발명가부터 저명한 대학, 수십억 달러 규모의 거대 가전업체의 연구팀들로부터 100개 이상의 출품작을 받았다.

그러나 기후 변화에 대한 기술적 대응책과 마찬가지로, 효율적인 에어컨의 등장이 세계 배기가스 배출량을 현저히 감소시킬지는 확실하지 않다. RMI에 따르면, 혁신적인 에어컨으로 전 세계의 탄소 배출량 상승을 억제하기 위해서는 수상작인 효율 높은 에어컨이 늦어도 2022년에는 판매되기 시작해야 하고, 2030년까지는 시장의 80퍼센트를 점유해야 한다. 다시 말해, 이 신제품이 10년 안에 경쟁 상품들을 거의 완전히 대체해야 하는 것이다. 정부 간 기후 변화 협의체IPCC의 차기 보고서 집필을 이끌고 있는 벤자민 소바쿨Benjamin Sovacool 서섹스대학 에너지 정책 교수는 이 목표가 불가능하지는 않지만 가능성은 거의 없다고 설명한다.

"우리는 기술이 우리를 살린다는 생각을 믿고 싶어 합니다. 그 단순함이 위로가 되죠." 소바쿨의 말이다. 기술로 기후 변화에 대응해야 한다는 생각은 실제로 큰 위안이다. 심지어 기술 발명과 구현으로 문제를 해결하는 것이 가능한 기간은 너무 짧아서 믿기 어려운 수준인데도 불구하고, 우리는 기술을 기후 변화에 대한 첫 번째이자 최선의 대응책으로 논의해 왔다.

중앙 유럽 대학의 기후 변화 및 에너지 정책 교수이자 곧 발표될 IPCC 보고서의 주요 저자인 다이애나 우르지 보르사츠Diana Ürge-Vorsatz는 새로운 에어컨 기술은 환영받을 것이지만, 에어컨의 배기가스를 줄이는 것은 아마도 "우리가 해야 할 네 번째 혹은 다섯 번째 일일 것"이라고 말한다. 그녀가 언급하는 더 높은 우선순위의 임무로는 나무 심기, 낡은 건물에 적절한 환기 장치 설치하기, 더 이상 '폭염을 견디지 못하는 콘크리트와 유리로 된 우리cage'를 짓지 않는 것이다. 그녀는 "이 모든 것들은 장기적으로 봤을 때 비용까지 절감할 수 있는 방법"이라고 덧붙인다.

이러한 전략은 기술적으로는 더 저렴하다. 그러나 우리의 행동과 주요 정책이 달라져야 한다. 기후 위기와 관련한 공공연한 비밀은 그 누구도 이 심각한 위기를 해결하기 위해 필요한 체계적이고 전 세계적인 변화를 어떻게 일으킬 수 있는지 모른다는 것이다.

이상적인 실내 온도는 없다

만약 기술이 당장 우리를 구원하지 못한다면, 전 세계의 정책 변화가 멀리 있는 희망처럼 보인다면, 우리가 할 수 있는 아주 간단한 방법이 하나 있다. 바로 에어컨 사용을 줄이는 것이다. 그러나 생태 경제학자이자 IPCC 보고서의 저자인 줄리아 스타인버거Julia Steinberger가 쓴 것처럼 운전, 비행, 아보카도 수입을 줄이는 것처럼 우리의 생활 방식을 바꿔야 하는 진지한 제안들은 "사회적으로 받아들일 수 없고, 이단적이며, 거의 미친 짓"으로 간주된다. 에어컨의 경우에는 더 그렇다. 에어컨 사용을 줄이라는 요구는 사람들이 폭염 속에서 죽어야 한다는 제안으로 오해받거나, 부유한 나라의 시민들이 이미 누리고 있는 안락함을 다른 나라 사람들에게는 허락하지 않는 악의적 욕망의 증거로 취급당한다.

올여름《뉴욕타임스》에 게재된 기사 '미국인은 에어컨이 필요한가'는 수천 건의 격노한 소셜 미디어 게시물을 촉발시켰다. 그중에는 유명 인사들도 있었다. 페미니스트 작가이자 평론가인 록산 게이Roxane Gay는 "그러는 너도 에어컨 없이 플로리다에서 여름을 보내지 않을 거잖아. 정신 차려"라

고 썼다. 보수 성향의 교수이자 전문가인 톰 니콜스Tom Nichols
는 "에어컨은 우리가 동굴을 떠난 이유"라면서 "당신은 내
손이 꽁꽁 얼었을 때에나 나에게서 에어컨을 빼앗아 갈 수 있
을 것"이라고 반응했다.

이런 반발에도 불구하고 우리가 에어컨에 대한 지나친
의존을 줄일 수 있음을 입증하는 합리적인 사례는 존재한다.
이상적인 실내 온도로 알려진 기준은 오랫동안 에어컨 기술
자들이 결정해 왔다. 거의 모든 인간이 항상 같은 온도 범위
를 원한다는 생각을 바탕으로 만들어진 것이다. 그 기저에는
안락함을 객관적으로 판단할 수 있다는 생각이 깔려 있다. 자
카르타에 있는 건물이 보스턴의 건물과 동일한 온도여야 한
다는 것이다. 리나 토머스는 이런 기준에 따라 에어컨이 가동
되는 대부분의 건물은 온도를 "20도에서 1도 내려가거나 올
라가는 수준"으로 유지하게 된다고 말한다.

그러나 모두가 객관적으로 '적당한' 온도가 존재한다
는 생각을 받아들인 것은 아니다. 연구에 따르면 남성에게 이
상적인 온도는 여성과 다르다. 2015년 《텔레그래프Telegraph》
는 세계 곳곳의 사무실에서 "남성이 원하는 온도에서 열심히
일하고 있을 때, 여성은 추위에 떨고 있다"고 지적했다. 수백
만 명의 여성들이 이미 알고 있는 사실을 과학적 연구로 확인
해 주는 결과는 이외에도 많다.

더운 지역에 사는 사람들은 매우 짧은 시간이기는 하지만 높은 실내 온도에 있을 때 안락함을 느낀다는 연구 결과도 있다. 연구자들은 그것이 마음의 상태이건 생물학적 적응이건 인간의 안락함은 객관적인 것이 아니라 적응의 산물이라고 주장한다. 더운 나라에서 살고 있는 많은 사람들에게 이러한 시각은 명백한 사실인 것 같다. 내가 최근 참석한 런던의 에어컨 관련 콘퍼런스에서 인도인 대표 한 사람은 "내가 30도에서 일하고 직무를 수행할 수 있다면 당신들도 할 수 있다. 나를 믿고, 당신을 믿으라"고 참석자들을 꾸짖었다.

'이상적인' 온도라는 발상을 반박하는 이런 주장을 뒷받침하는 연구 결과는 또 있다. 심리학자이자 미국 난방 냉동 공조 학회의 회원인 프레드릭 롤스Frederick Rohles는 시원한 실내에서 실제 온도보다 높은 온도를 표시한 가짜 온도계를 보여 주면 피실험자들이 덥다고 느낀다는 연구 결과를 내놨다. 롤스는 2007년 이렇게 썼다. "이런 결과는 기술자 동료들을 미치게 만들 것이다. 안락함은 마음의 상태야!"

아쇼크 랄은 사람들이 일단 건물의 온도가 변할 수 있다는 생각을 갖게 되면 에어컨을 첫 번째 단계가 아닌 마지막 수단으로 사용하는 주택을 지을 수 있다고 지적한다. 그는 "그러나 이를 뒷받침하는 광범위한 문화나 규정은 없다"고 말했다. 현재 권력을 쥐고 있는 진영은 결정론자들이다. 그들의 관점은 전 세계의 건축 법규와 기준에 계속해서 반영되고 있다.

에어컨 없이 사는 법

그렇다면 우리는 어떻게 냉방의 덫에서 벗어날 수 있을까? 우리가 최악의 기후 위기 영향을 피하기 위한 해법의 양극단에 기술과 습관을 놓고 연속선을 그린다면, 에어컨은 아마도 중간쯤의 어딘가에 위치할 것이다. 일주일에 다섯 번 고기를 먹는 습관을 줄이기보다는 어렵고, 화석 연료를 사용하는 자동차를 없애는 것보다는 쉬운 정도라고 할 수 있다.

영국에 본사를 둔 기후 정치 자문 회사 E3G를 운영하는 전직 고위 공무원 닉 매비Nick Mabey에 따르면, 에어컨 문제는 대부분의 정부에서 주목을 받지 못하고 있다. 사회에 깊이 뿌리내린 채로 지구 온난화를 가속화하고 있는 대부분의 소비재와 마찬가지로 말이다. 하향식 규제로 성공한 전례는 거의 없다. 그는 "이 일을 처리하는 부서도 없고, 당신이 가서 이야기할 만한 에어컨 관련 담당자도 없다"고 지적한다.

매비는 통제할 수 있는 장소를 찾아 거기서부터 밀고 나가는 것이 핵심이라고 말한다. 그는 전 세계에서 판매되는 모든 에어컨의 효율을 향상시켜 배기가스를 줄이는 것을 목표로 하는 UN 프로그램을 지원하고 있다. 이 프로그램은 에어컨에 붙어 있는 촌스러운 소비자 기준표와 관련이 있다. 현재

시중의 평균적인 에어컨은 사용 가능한 최고의 장치와 비교하면 절반 정도의 효율성을 갖고 있다. 그 격차를 조금이라도 좁히면 미래의 배출량을 크게 줄일 수 있을 것이다.

지역 차원에서는 약간의 진전이 이루어지고 있다. 최근 뉴욕 시의회는 2030년까지 도시의 모든 대형 건물들이 전체 탄소 배출량을 40퍼센트 줄이고, 2050년에는 80퍼센트 줄이는 것을 목표로 하는 영향력 있는 법안을 통과시켰다. 법안은 위반 시 무거운 벌금을 부과하는 내용을 포함하고 있다. 법안을 주도한 코스타 콘스탄티니데스Costa Constantinides 시의원은 "모든 도시에서 의무화한 탄소 배출량 규제 중 가장 큰 규모"라고 말한다. 로스앤젤레스 시장실은 2050년까지 모든 건물의 탄소 배출량을 '제로'로 만들기 위한 비슷한 계획을 준비하고 있다.

다른 도시들은 훨씬 더 직접적인 조치를 취하고 있다. 미국의 여러 지역보다 따뜻한 지역인 스위스 제네바의 지방정부는 1980년대부터 특별한 허가 없이는 에어컨을 설치할 수 없도록 하는 규제를 시행하고 있다. 이러한 접근 방식은 스위스 전역에서 비교적 일반화되어 있다. 그 결과, 스위스에서 에어컨은 모든 전기 사용량의 2퍼센트 미만을 차지하고 있다. 스위스 사람들이 에어컨을 그리워하는 것 같지는 않다. 스위스에서 에어컨의 부재는 거의 논의되지 않는다. 대부분의 사람들은 에어컨 없이 사는 법을 배웠다.

에어컨이 비교적 낯선 국가에서는 에어컨이 삶의 방식으로 자리 잡기 전에 대안을 찾을 수 있는 엄청난 기회가 있다. 토머스는 '서방에서 벌어진 최악의 일'을 피하는 것을 목표로 삼아야 한다고 말한다. 최근 인도 정부는 토머스, 라왈 등이 제시한 권고안을 자국의 국가 주택 건축 법규("대단히 강력한 조항"이라고 라왈은 말한다)로 채택했다. 이 법규는 인도에서 이뤄진 현장 연구를 바탕으로 인도인의 안락함 수준을 측정하고, 이를 바탕으로 실내 온도를 높일 수 있게 했다. 그리고 에어컨을 최후의 수단으로 사용하는 건물의 "보급 증대"를 강조하고 있다.

에어컨 사용을 줄이는 것은 현대성으로부터 멀어지라는 이야기가 아니다. 에어컨으로 인해 일어날 일들을 직시하라는 요구다. 켄 양은 이렇게 말한다. "과거로 돌아갈지 말지를 논하는 문제가 아니다. 예전에는 사람들이 기온에 어떻게 대처해야 하는지를 알고 있었다. 그러나 에어컨이 기온을 제어하는 방법으로 인식되면서 에어컨 없는 대처법은 관심에서 멀어졌다. 아무도 이후에 벌어질 일을 알지 못했다. 사람들은 이제 그 결과를 목도하고 있다."

저자 조너선 왓츠(Jonathan Watts)는 영국의 저널리스트다. 가디언의 지구 환경 분야 에디터를 맡고 있다. 아시아 환경 특파원이며, 라틴 아메리카와 동아시아 특파원, 중국 외신 기자 클럽 회장 등을 지냈다. 저서로 《When a Billion Chinese Jump》가 있다.

역자 전리오는 서울대학교에서 원자핵공학을 전공했다. 대학 시절 총연극회 활동을 하며 글쓰기를 시작해 장편 소설과 단행본을 출간했다. 음악, 환경, 국제 이슈에 많은 관심이 있으며 현재 소설을 쓰면서 번역을 한다.

지구상에서 가장 파괴적인 물질

당신이 이 문장을 읽는 데 걸리는 시간 동안, 전 세계 건설업계에서는 욕조 1만 9000개 이상을 채울 수 있는 양의 콘크리트가 쏟아져 나온다. 이 글의 절반가량을 읽었을 때쯤엔 쏟아져 나온 콘크리트가 로열 알버트 홀Albert Hall[4]을 가득 채우고 하이드 파크Hyde Park로 흘러넘칠 것이다. 하루만 더 두면 콘크리트의 양은 중국의 싼샤三峽 댐만 한 규모가 될 수 있다. 여기서 1년이 더 지나면 잉글랜드의 모든 언덕과 계곡을 비롯한 구석구석을 덮어 테라스를 만들 수 있다.

콘크리트는 지구상에서 물 다음으로 많이 사용되는 물질이다. 시멘트 산업을 하나의 국가라고 가정하면, 중국과 미국의 뒤를 이어서 28억 톤의 이산화탄소를 방출하는 세계 세 번째 탄소 배출국이 될 것이다.

이 물질은 현대 문명 발전의 근간을 이루고 있다. 수십억 명의 머리 위에 지붕을 얹어 주고, 자연 재해에 대비할 수 있도록 돕고, 보건, 교육, 운송, 에너지, 산업의 구조물을 제공하고 있다.

콘크리트는 우리가 자연을 길들이는 방식이다. 콘크리트 석판은 여러 요소로부터 우리를 보호해 준다. 머리 위로 비가 들이치거나, 뼛속에 한기가 들거나, 발이 진흙탕에 잠기지 않게 한다. 하지만 동시에 방대한 면적의 비옥한 토양을 파묻고, 강의 흐름을 막고, 동물들의 서식지를 숨 막히게 만들기도 한다. 바위처럼 단단한 콘크리트는 또 하나의 피부 역할을 하면서, 도시 바깥에서 벌어지는 일들로부터 우리를 무감각하게 만든다.

푸른빛과 초록빛으로 가득했던 우리의 세계는 시시각각 회색으로 변해 가고 있다. 미국 국립 과학원 회보Proceedings of the National Academy of Sciences의 2018년 연구[5]에 의하면, 콘크리트의 탄소 질량 총합은 이미 지구상의 모든 나무, 덤불, 관목들을 합한 것보다 많을 수도 있다. 우리가 건설한 환경이 자연환경보다 더 커지고 있는 것이다. 그러나 인간이 만든 환경은 자연과는 달리 스스로 성장하지 않는다. 콘크리트의 특징은 견고함이다. 아주 서서히 분해되는 것이다.

지난 60년 동안의 플라스틱 생산량은 총 80억 톤에 달한다. 시멘트 산업은 그보다 많은 양을 2년마다 쏟아 낸다. 플라스틱보다 심각한 콘크리트 문제를 사람들은 덜 심각하게 받아들인다. 콘크리트는 화석 연료로 만들어진 것도 아니고, 고래나 갈매기의 뱃속에서 발견되지도 않는다. 의사들이 우리의 혈액 속에서 콘크리트의 흔적을 발견하는 것도 아니다. 참나무에 엉켜 있다거나, 지하의 팻버그(fatberg·하수구에서 발견되는 기름 덩어리)를 만들어 내는 것도 아니다. 우리는 콘크리트가 어디에 있는지 잘 안다. 정확하게는, 콘크리트가 어디로 움직이는지를 안다. 콘크리트는 아무 데도 가지 않고 그 자리에 있다. 우리는 바로 이런 특성 때문에 콘크리트에 의존해 왔다.

인류는 견고함을 갈망해 왔다. 콘크리트는 무게와 내구성 때문에 사랑받았다. 시간과 자연, 천재지변, 불확실성 등을 막아 주면서 현대 생활의 근간 역할을 했다. 콘크리트는 철근과 결합하면 댐이 붕괴하지 않게, 고층 건물이 무너지지 않게, 도로가 뒤틀리지 않게, 전력 공급망의 작동이 중단되지 않게 해주는 견고한 물질이 된다.

견고함은 혼란스러운 변화의 시대에는 더욱 매력적인 특성이다. 하지만 과해서 좋은 것은 없듯이, 콘크리트로 해결하는 문제보다 콘크리트가 유발하는 문제가 많아질 수도 있다.

때로는 확고한 우군이고, 때로는 믿을 수 없는 친구인 콘크리트는 수십 년 동안 자연에 맞서 저항하다가 갑자기 자연의 영향을 증폭시킬 수 있다. 미국 뉴올리언스와 휴스턴은 각각 허리케인 카트리나와 하비의 영향으로 홍수에 휩쓸렸는데, 도심과 교외 지역의 거리가 일반적인 평야처럼 빗물을 흡수하지 못하면서 피해가 더 심각해졌다. 빗물 배수 시스템은 기후가 파괴된 시대의 새로운 극한 상황에 처참할 정도로 부적합하다는 것이 밝혀졌다.

극한의 날씨로부터 우리를 보호해 주던 콘크리트는 기후를 더 악화시키기도 한다. 생산의 전 과정을 합하면 콘크리트는 세계 이산화탄소 배출량의 4~8퍼센트를 차지한다. 콘크리트보다 온실가스를 많이 배출하는 원료는 석탄, 석유와 가스뿐이다. 콘크리트가 배출하는 이산화탄소의 절반은 클링커(clinker·시멘트의 원료가 되는 혼합재)라는 상태를 만드는 과정에서 나온다. 시멘트 제조 공정에서 에너지가 가장 집중되는 단계다.

콘크리트가 환경에 미치는 다른 영향은 훨씬 덜 알려져 있다. 콘크리트는 갈증을 느끼는 거대한 짐승처럼 세계 공업용수의 거의 10분의 1을 빨아들인다. 이 때문에 종종 식수와 관개용수 공급에 차질이 생기기도 한다. 콘크리트가 소비하는 물의 75퍼센트가 가뭄 지역이나 물 부족 지역에서 공급되기 때문이다. 도시에서는 태양의 열기를 흡수하고 자동차의 배기가스와 에어컨 실외기에서 나오는 가스를 가두면서 열섬 현상heat-island effect을 부추긴다. 콘크리트가 어두운 아스팔트보다는 낮지만 말이다.

콘크리트는 규폐증silicosis을 비롯한 호흡기 질환을 악화시키기도 한다. 인도 델리에서는 아무렇게나 쌓아 놓은 시멘트와 혼합물에서 나오는 먼지가 도시를 질식시키는 미세 먼지의 10퍼센트 정도를 차지한다. 2015년 연구자들은 이 도시의 대규모 건설 현장 19곳의 대기 오염 지수가 안전 기준치의 최소 세 배 이상이라는 사실을 발견했다. 석회석 채석장과 시멘트 공장은 물론, 여기에서 건설 현장으로 재료들을 실어 나르는 트럭도 오염원이 된다. 이 정도 규모에서는 콘크리트의 재료인 모래를 채취하는 것조차 자연에 치명적일 수 있다. 전세계의 해변과 강줄기를 파괴하는 모래 채굴 사업은 최근 범죄 조직에 의해 운영되는 경우가 늘고 있다. 모래 채굴을 둘러싸고 살인까지 벌어지기도 했다.[6]

이런 사실은 콘크리트의 가장 심각하지만 거의 알려져 있지 않은 악영향을 보여 준다. 콘크리트는 자연 기반을 파괴하고 있다. 새 생명을 잉태하는 수정授精과 수분受粉, 홍수 조절, 산소 생산, 수질 정화 등 인류가 의존하고 있는 자연의 생태적 기능을 되돌려 놓지 않은 채로 말이다.

콘크리트는 우리의 문명을 하늘을 향해 나아가게 해줄 수 있다. 두바이에 있는 163층 높이의 부르즈 칼리파Burj Khalifa가 공중에서 생활 공간을 창출해 낸 것이 대표적이다. 하지만 이는 인간의 생태 발자국을 더 밀어내서 비옥한 표토와 동물의 서식지를 가로질러 멀리까지 나아가게 만든다. 많은 과학자들이 기후 혼란만큼이나 위협적이라고 여기는 생물 다양성 위기는 주로 야생 지역을 농업 및 산업 용지나 주거 지구로 전환하면서 발생한다.

수백 년 동안 인류는 콘크리트가 주는 확실한 혜택의 대가로 콘크리트가 환경에 미치는 이러한 부작용을 기꺼이 감내해 왔다. 하지만 이제 그 균형추가 반대 방향으로 기울고 있는지도 모른다.

경기를 부양하는 시멘트 축제

로마에 있는 판테온 신전과 콜로세움은 콘크리트의 내구성을 보여 주는 증거다. 여기에 쓰인 콘크리트는 모래와 골재(일반적으로 자갈이나 돌), 물에 석회 반죽을 섞어 굳힌 것이었다. 현대의 산업화된 접합재인 포틀랜드 시멘트[7]는 1824년에 영국 리즈 출신의 조지프 애스프딘Joseph Aspdin이 '인조석'의 형태로 특허를 받으면서 탄생했다. 포틀랜드 시멘트는 이후에 철골 또는 철망과 결합한 강화 콘크리트로 재탄생하면서 엠파이어 스테이트 빌딩과 같은 아르데코art deco식 고층 건물의 기반이 되었다.

　　콘크리트의 물결은 2차 세계대전 이후에 밀려들기 시작했다. 폭격으로 파괴된 도시를 재건하는 저렴하고 간편한 방법이었기 때문이다. 이 시기가 바로 르코르뷔지에Le Corbusier 같은 건축가가 주도한 브루탈리즘Brutalism 건축의 시대였다. 오스카 니마이어Oscar Niemeyer의 자유롭게 흐르는 초현대적인 곡선과 안도 다다오安藤忠雄의 우아한 선들이 그 뒤를 이었다. 수많은 댐, 교량, 항만, 시청, 대학 캠퍼스, 쇼핑센터, 한결같이 암울한 주차장들이 계속해서 늘어난 것은 언급할 필요도 없을 것이다. 1950년대의 시멘트 생산량은 철강 생산량과 비슷했다. 그 이후로 2019년 현재까지 시멘트 생산량은 25배 증가했다. 이는 건축 파트너인 금속 재료보다 세 배나 빠른 속도였다.

콘크리트의 미학에 대한 논쟁은 전통주의적인 입장과 현대주의적인 입장으로 양분된다. 전통주의를 옹호하는 영국의 찰스 왕세자는 오웬 루더Owen Luder가 설계한 브루탈리즘 양식의 트라이콘 센터Tricorn Centre를 두고 '흰 곰팡이가 핀 코끼리 똥 덩어리'라고 비난했다. 반면 현대주의를 옹호하는 사람들은 콘크리트를 질량을 견디면서도 스타일, 규모, 견고함을 만들어 주는 수단으로 보았다.

콘크리트의 정치학은 미학만큼 분열되지는 않았지만, 점점 부식되고 있다. 가장 큰 문제는 관성이다. 이 물질이 정치인과 관료, 건축 기업을 한번 연결하게 되면, 이들의 군건한 결합을 깨는 일은 거의 불가능하다. 정당 지도자는 선거에서 승리하기 위해 건설 회사의 후원금과 뒷돈이 필요하고, 정책 입안자는 경제 성장을 위해 더 많은 건설 프로젝트가 필요하다. 건설 회사 간부는 돈을 굴리고 직원을 고용하고 정치적인 영향력을 높이기 위해 더 많은 계약이 필요하다. 이런 이유로 환경적으로나 사회적으로 효과가 미심쩍은 사회 기반 시설 프로젝트, 올림픽, 월드컵, 국제 전시 같은 시멘트의 축제가 계속되고 있다.

일본이 대표적인 사례다. 이들은 20세기 후반에 콘크리트를 열성적으로 포용했다. 이 나라의 지배 구조와 관련해 '토건 국가'라는 별칭이 붙은 이유다.

애초에 콘크리트는 2차 세계대전에서 폭탄과 핵탄두로 파괴된 도시들을 재건하는 데 사용되는 저렴한 재료였다. 이후 콘크리트는 초고속 경제 성장을 위한 새로운 모델의 근간 역할을 하게 되었다. 초고속 열차 신칸센의 철로가 깔리고, 고가 고속 도로를 놓기 위해 교량과 터널이 건설되고, 공항에 새로운 활주로가 닦이고, 1964년 도쿄 올림픽과 1970년 오사카 엑스포가 열릴 경기장, 새로운 시청, 학교, 스포츠 시설들이 지어지는 데에 콘크리트가 동원되었다.

이런 흐름 속에서 경제는 1980년대 후반까지 거의 두 자릿수의 성장률을 유지했다. 이는 높은 고용률과 함께 집권당인 자유민주당에게 권력을 안겨 주었다. 다나카 가쿠에이田中角榮, 나카소네 야스히로中曽根康弘, 다케시타 노보루竹下登와 같은 당대의 정계 거물들은 자신의 고향으로 얼마나 거대한 프로젝트를 유치할 수 있는지에 따라 평가받았다. 거액의 리베이트는 일상적이었다. 야쿠자들도 중개자와 집행자 역할을 하면서 자신의 몫을 챙겼다. 시미즈淸水, 다이세이大成, 카지마鹿島, 다케나카竹中, 오바야시大林, 구마가이熊谷 등 빅6라고 불리는 건설사들이 담합 입찰로 거의 독점을 하면서 수익성 좋은 계약을 보장받았고, 정치인에게는 엄청난 뒷돈을 건넸다. 토건 국가는 국가적인 규모의 부정한 돈벌이였다.

하지만 환경을 파괴하지 않고 유용하게 사용할 수 있는 콘크리트의 양은 제한되어 있다. 1990년대에 접어들면서는 콘크리트를 사용하는 사업의 수익이 계속해서 줄어드는 현상이 확연하게 나타났다. 이 시기에는 가장 창의적인 정치인조차도 경기 부양을 위한 정부의 재정 지출을 정당화하느라 고군분투했다. 사람이 많이 살지 않는 지역에 엄청나게 비싼 다리가 지어졌고, 작은 시골 마을 사이에 왕복 4차선 이상의 넓은 도로가 깔렸다. 얼마 남지 않은 강변에는 시멘트가 덮였다. 일본의 해안선 40퍼센트를 방어할 수 있을 정도의 방파제를 만들기 위해 전례 없이 막대한 양의 콘크리트를 쏟아붓기도 했다.

오랜 기간 일본에 거주한 작가 알렉스 커Alex Kerr는 저서 《치명적인 일본Dogs and Demons》에서 홍수와 산사태 방지라는 미명하에 강독과 산비탈이 시멘트로 덮이는 현실을 통탄했다. 한 언론과의 인터뷰에서 그는 정부의 보조금을 받는 무수한 프로젝트에 대해 이렇게 말했다. "산과 강, 하천, 호수, 습지 등 모든 곳에 말로 할 수 없는 피해를 입혀 왔고, 이제 그 기세를 더 끌어 올리고 있습니다. 이것이 현대 일본의 실체입니다. 그 숫자는 실로 엄청납니다."

커에 따르면, 1제곱미터당 콘크리트의 양은 일본이 미

국보다 30배 많고, 총량은 두 나라가 거의 비슷하다. "그러니까 캘리포니아 정도 크기의 나라에 미국 전체에서 사용된 것과 동일한 양의 콘크리트가 덮여 있다는 겁니다. 미국의 상업화와 도시화 현상에 30배를 곱하면 현재 일본에서 벌어지고 있는 일이 어느 정도인지 감을 잡을 수 있을 겁니다."

전통주의자와 환경 보호론자들은 경악하지만, 이런 생각은 무시당한다. 일본의 시멘트화는 자연과의 조화를 추구하는 그들의 전통적인 미학적 이상이나 무상(無常·덧없음)이라는 정서와 반대되는 방향이지만, 세계에서 가장 지진이 자주 일어나는 나라 중 하나로서 지진과 쓰나미에 대한 공포가 언제나 존재한다는 점을 생각하면 이해할 수 있다. 회색으로 뒤덮인 강둑과 해안이 추하다는 것은 누구나 알고 있었지만, 가정을 홍수로부터 지킬 수만 있다면 그런 건 누구도 신경 쓰지 않았다.

2011년에 도호쿠東北 지역을 강타했던 지진과 쓰나미는 충격 그 이상이었다. 이시노마키石巻, 가마이시釜石, 기타카미北上와 같은 해안 마을에서는 수십 년 동안 자리를 지키고 있던 거대한 제방이 단 몇 분 만에 사라져 버렸다. 약 1만 6000명이 목숨을 잃었고, 100만 채의 건물이 부서지거나 피해를 입었다. 마을의 도로는 떠내려온 선박들로 막혔고, 항구의 물 위는 떠다니는 자동차들로 가득했다. 후쿠시마에서는 훨씬 더 충격적인 일이 벌어졌다. 밀려든 바닷물이 후쿠시마

제1원자력 발전소의 외측 방어벽을 집어삼켰고, 레벨 7의 멜트다운(meltdown·원자로의 중심부 연료봉이 녹아내리는 사고)이 일어났다.

간략하게 이야기하면, 이 사고는 일본에게 크누트 왕 King Canute의 이야기[8]와 같은 사건이었다. 자연의 힘에 의해 인간의 오만한 어리석음이 드러난 것이다. 하지만 콘크리트 업계의 로비는 여전히 강력했다. 자민당은 이듬해에 정권을 다시 찾아오면서 향후 10년 동안 공공 부문에 200조 엔(2169조 원)을 투입하겠다고 공약했는데, 이는 일본 GDP의 40퍼센트에 달하는 수치다.

건설사들은 다시 바다를 막아 달라는 요청을 받았는데, 이번에는 훨씬 더 높고 두터운 장벽이 만들어졌다. 이 장벽의 효용에 대해서는 의견이 갈린다. 엔지니어들은 이러한 12미터 높이의 콘크리트 장벽이라면 쓰나미를 막아 내거나 적어도 속도를 늦출 수 있다고 주장하지만, 지역 주민들에게 이런 약속은 전부터 들어 왔던 이야기다. 방어 시설이 지키고 있는 지역들은 이제 인간의 거주 가치가 낮은 지역이 되었다. 사람들이 떠난 마을은 논과 양식장이 차지하고 있다. 환경 보호론자들은 맹그로브 숲이 훨씬 더 저렴한 완충 수단이 될 수 있었다고 말한다. 쓰나미의 피해를 입은 지역 주민들조차도 그들과 대양 사이를 가르는 콘크리트를 대단히 혐오한다.

"아무것도 잘못한 게 없는데 감옥 안에 갇힌 느낌이에요." 굴 양식업자인 후지타 아쓰시가 로이터와의 인터뷰에서 한 말이다. "여기에선 이제 더 이상 바다가 보이지 않아요." 도쿄 태생의 사진작가인 오노 다다시小野規의 말이다. 그는 이 거대한 새로운 구조물을 담은 아주 강력한 이미지를 촬영했다. 그는 거대한 건축물을 일본의 역사와 문화에 대한 유기 abandonment라고 설명한다. 그는 말한다. "일본의 문명으로서의 풍요로움은 대양과의 교류로 만들어진 것입니다. 일본은 언제나 바다와 함께 살아왔고, 우리는 바다로부터 보살핌을 받았습니다. 그리고 지금 일본 정부는 바다를 차단해 버리기로 결정했습니다."

'일단 지어 놓으면'

콘크리트를 사용한 개발에는 불가피한 측면도 있다. 전 세계적으로 콘크리트는 개발의 동의어가 되었다. 인류 발전이라는 훌륭한 목표는 이론상으로는 기대 수명, 유아 사망률, 교육 수준과 같은 경제적이고 사회적인 지표들로 평가되어야 한다. 하지만 정치 지도자들에게 지금까지 가장 중요한 지표는 경제 활동을 측정하는 GDP였다. GDP는 대개 경제 규모를 계산하는 용도로 사용되며, 각국 정부가 세계에서 자신의 위치를 가늠하는 수단이다. 그리고 콘크리트만큼 국가를 키워

줄 수 있는 것은 없다.

이러한 사실은 일정 수준 이상의 단계에 진입한 모든 나라에 적용된다. 경제 발전의 초기 단계에서는 마치 복싱 선수가 근육을 키우는 것처럼 대형 건설 프로젝트가 도움이 된다. 하지만 이미 성숙기에 접어든 경제 구조에서 이런 프로젝트는 나이 든 운동선수가 거의 효과를 볼 수 없음에도 더 강력한 스테로이드를 주입하는 것처럼 해롭다. 1997~1998년 아시아 금융 위기 당시, 케인스주의 성향의 경제 자문 위원들은 일본 정부에게 GDP 성장을 유도하는 가장 좋은 방법은 땅에 구덩이를 파고 이를 채우는 것이라고 조언했다. 가급적 시멘트를 이용하는 것이 좋고, 구덩이는 클수록 더 좋다. 이것은 이윤과 일자리를 의미한다. 국민의 삶을 개선하는 훨씬 쉬운 방법은 국가를 동원하는 것이다. 콘크리트는 어떤 방식으로든 정책의 일부가 될 가능성이 높다. 이런 생각이 1930년대 루스벨트의 뉴딜 정책의 배경이었다. 뉴딜 정책은 불황을 타개한 국가 차원의 프로젝트라고 칭송받고 있지만, 당시로서는 역대 가장 많은 콘크리트를 쏟아부은 일이었다고도 말할 수 있다. 후버Hoover 댐 한 곳에만 330만 세제곱미터의 콘크리트가 필요했는데, 이는 당시 세계 기록이었다. 건설업계는 이 댐이 인간 문명보다도 오래 지속될 것이라고 주장했다.

하지만 후버 댐은 현재 중국에서 벌어지고 있는 일에

비하면 몸집이 작은 편이었다. 21세기의 콘크리트 초강대국인 중국은 콘크리트라는 재료가 어떻게 문화(자연과 연계된 문명)를 경제권(GDP 통계에 잡히는 생산 단위)으로 변모시킬 수 있는지를 거대한 스케일로 보여 준다. 베이징이 개발 도상국 단계에서 차기 초강대국의 지위까지 급속도로 성장하기 위해서는 산을 이룰 만큼의 시멘트와 해변 하나만큼의 모래, 호수만큼의 물이 필요했다. 이런 재료들이 콘크리트를 만들기 위해 섞인 속도는 아마도 현대 통계에서 가장 놀라운 수치일 것이다. 2003년 이후로 중국은 미국이 20세기 내내 사용한 양의 시멘트를 3년마다 쏟아붓고 있다.

오늘날 중국은 세계 시멘트의 거의 절반을 사용한다. 도로, 교량, 철도, 도시 개발, 그 외에 시멘트 및 철강 산업 같은 토건 분야는 2017년에 중국 경제 성장의 3분의 1을 차지했다. 모든 대도시에는 건물 한 층 면적으로 도시 개발 계획을 보여 주는 모형이 있는데, 거대 쇼핑몰이나 주거 단지, 고층 콘크리트 빌딩이 들어설 때마다 작은 흰색 플라스틱 모형들이 계속 추가되고 있다.

하지만 미국, 일본, 한국 등 '개발된' 모든 다른 나라들이 그랬던 것처럼, 중국은 이제 단순히 콘크리트를 퍼붓는 것만으로는 득보다 실이 많아지는 경계선을 지나고 있다. 유령 쇼핑몰, 텅 빈 마을과 하얗고 거대한 스타디움은 낭비를 보여 주는 신호다. 뤼량呂梁에 새롭게 들어선 거대한 공항은 하루에 겨우 다섯 차례의 비행편만으로 개항했고, 베이징 올림픽의 주경기장이었던 냐오차오鳥巢 스타디움은 이제는 이용률이 저조해서 경기장이 아니라 오히려 기념물에 가까운 시설이 되었다. '일단 지어 놓으면 사람들이 찾아올 것'[9]이라는 말은 과거에는 사실이었지만, 이제 중국 정부는 걱정하고 있다. 중국 국가 통계국에서 주거용 건물의 미분양 면적이 450제곱킬로미터에 달한다는 사실을 발견하자, 시진핑 국가 주석은 과도한 개발을 전면 중단할 것을 지시했다.

텅 비고 허물어져 가는 구조물들은 흉물스러울 뿐만 아니라 경제를 소모시키고, 생산적인 대지를 낭비한다. 더 큰 건축을 위해서는 더 많은 시멘트와 철강 공장이 필요하고, 이는 더욱 많은 유해 물질과 이산화탄소를 배출하게 된다. 중국의 조경 건축가인 위쿵젠俞孔堅이 지적하듯이, 콘크리트는 비옥한 토양, 자정 능력을 갖춘 하천, 폭풍우에 견디는 맹그로브 습지, 범람을 막아 주는 숲 등 인간이 전적으로 의존하고 있는 생태계를 질식시키고 있다. 이는 그가 '생태 안보'라고 부르는 것에 대한 위협이다.

콘크리트에 대한 공격을 이끌고 있는 위쿵젠은 강둑과 자연 식생을 복원하기 위해서 콘크리트를 뜯어내고 있다. 그가 펴낸 영향력 있는 책《생존의 기술The Art of Survival》은 중국이 자연과의 조화를 추구하는 도교의 이상으로부터 위태롭게 멀어지고 있다고 경고한다. '우리가 지금 따르고 있는 도시화 과정은 죽음으로 가는 길'이라고 그는 말한다.

위쿵젠은 정부 관료들에게 자문을 하고 있다. 이들도 현재 중국의 성장 모델이 가진 허점을 점점 더 인식해 가고 있다. 하지만 바꿀 수 있는 것은 많지 않다. 콘크리트 경제의 초기 동력이 사라진 이후에는 언제나 콘크리트 정치라는 관성이 나타난다. 시진핑 주석은 '아름다운 나라'와 '생태적인 문명'을 만들기 위해 연기를 내뿜는 중공업 위주에서 첨단 제품 생산으로 경제의 초점을 바꿀 것을 약속했다. 중국 정부는 현재 인류 역사상 가장 거대한 건설 붐을 자제시키려 노력하고 있지만, 건설업계의 고용 인원이 영국 인구와 비슷한 규모인 5500만 명 이상이라는 사실을 고려하면 이 분야를 그렇게 쉽게 약화시키기는 어렵다. 대신 중국은 다른 나라들이 해왔던 일을 하고 있다. 환경에 대한 부담과 여분의 능력을 해외로 수출하는 것이다.

베이징이 거창하게 추진하고 있는 일대일로一帶一路 전략은 마셜 플랜보다 몇 배는 더 거대한 해외 인프라 투자 프로젝트다. 중국은 카자흐스탄의 도로, 아프리카에 있는 최소 15개의 댐, 브라질의 철로, 파키스탄과 그리스, 스리랑카의 항만 등에 어마어마한 돈을 투입할 것을 공언하고 있다. 이를 비롯한 다른 프로젝트에 공급하기 위해 중국 최대의 시멘트 생산 기업인 중국 건축 재료 집단中国建築材料集団은 50개국에 100개의 시멘트 공장을 건설한다는 계획을 발표했다.

콘크리트 부패 공식

이런 계획을 보면, 확실히 더 많은 범법 행위가 벌어질 것이다. 건설 산업은 과도한 공공 건축물을 공급하는 수단이자 뇌물이 오가는 거대한 통로다. 여러 국가에서 이 공생 관계가 너무나 강력해서, 콘크리트가 늘어날수록 부패도 늘어난다는 것은 하나의 공식처럼 되었다.

부패 감시 단체인 국제 투명성 기구Transparency International에 따르면 건설업은 채굴업, 부동산업, 에너지 산업, 무기 시장을 모두 제치고 세계에서 가장 부패한 산업이다. 그 영향에서 자유로운 나라는 없지만, 최근 몇 년 동안 브라질의 건설업계는 입이 쩍 벌어질 정도의 충격적인 사례를 보여 주고 있다.

다른 나라들과 마찬가지로, 남아메리카 최대 국가인 브라질의 콘크리트 열풍은 사회 발전을 위해 필요한 정도의 선에서 출발했다. 그 후에는 경제적인 필요에 따라 추진되었다. 그리고 콘크리트는 결국 정치적 편의주의와 개인의 탐욕을 위한 도구로 전락했다. 이런 변화는 엄청난 속도로 진행됐다. 1950년대 말에 시작한 최초의 거대한 국가적 프로젝트는 사람이 거의 살지 않는 내륙의 고원에 새로운 수도인 브라질리아를 건설하는 것이었다. 이 고지대의 토지를 둘러싸고 새로운 정부 청사와 주택들을 짓기 위해 불과 41개월 동안 100만 세제곱미터에 달하는 콘크리트가 투입되었다.

뒤를 이어서 아마존 우림을 관통하는 새로운 고속 도로인 아마존 횡단 고속 도로Rodovia Transamazônica가 개통되었고, 1970년부터는 파라과이와의 접경 지역에 있는 파라나강에 남아메리카에서 가장 거대한 수력 발전소인 이타이푸Itaipu 댐이 지어졌다. 이 댐은 후버 댐보다도 약 네 배 더 거대한 규모다. 이곳을 운영하는 이들은 이 댐이 세계 최대의 축구 경기장인 리우데자네이루의 마라카낭Maracanã 스타디움을 210번이나 채울 수 있을 정도인 1230만 세제곱미터의 콘크리트를 쏟아부어 만들어졌다는 사실을 자랑스럽게 여긴다. 중국에서 2720만 세제곱미터의 콘크리트를 이용해서 양쯔강의 목을 조르는 싼샤 댐을 짓기 전까지는 세계 최고 기록이었다.

군부가 권력을 차지하고, 언론은 통제되며 사법부는 독립성을 상실한 상태에서, 얼마나 많은 예산을 군 장성들과 도급업자들이 빼돌렸는지는 알 길이 없었다. 부패 문제가 확연히 드러나기 시작한 것은 독재가 끝난 1985년부터였다. 이때는 사실상 어떤 정당도, 정치인도 깨끗한 사람이 없었다.

파울루 말루프Paulo Maluf는 그중에서도 악명 높은 인물이다. 그는 거대한 고가 고속 도로 건설 당시 상파울루 시장으로 재직했다. 고속 도로는 '커다란 벌레'라는 뜻의 미뇨꺼웅 Minhocão이라고 불렸고, 1969년 개통했다. 이 프로젝트의 공로를 차지한 말루프는 불과 4년 동안 공공사업 부문에서 10억 달러(1조 1700억 원)를 가로챈 것으로 알려졌다. 자금 중 일부는 영국령 버진 아일랜드의 비밀 계좌에 있는 것으로 추적된다. 인터폴의 수배를 받고 있는데도 불구하고 말루프는 수십 년 동안 정의의 심판을 피해 다니며 수차례 고위 공직에 진출했다. 이러한 일이 가능했던 것은 정치적 냉소주의가 팽배해 있었기 때문이다. "착복했지만, 어쨌든 일을 해냈다." 말루프에 대해서 말할 때 흔히 사용되는 표현이다. 이 표현은 전 세계 콘크리트 산업의 상당 부분을 설명해 주고 있다.

하지만 브라질에서 가장 부패한 인물이라는 말루프의 수식어는 지난 5년 동안 이어져 오고 있는 '세차 작전Operation Car Wash' 수사로 빛을 잃었다. 입찰 담합과 자금 세탁의 거대한 네트워크에 대한 수사가 이루어지면서 오데브레시Odebrecht, 안드라디 구티에레스Andrade Gutierrez, 카마르고 코헤아Camargo Corrêa 같은 거대 건설 기업들의 비리가 밝혀진 것이다. 정치인, 관료, 중개인들이 벨루 몬치Belo Monte 댐, 2014년 월드컵, 2016년 올림픽을 비롯한 브라질 전역 수십 개의 인프라 프로젝트에서 최소 20억 달러(2조 3400억 원)에 달하는 돈을 받은 것으로 수사 기관은 보고 있다. 검찰은 오데브레시 한 곳만 추산해도 415명의 정치인과 26개의 정당이 뇌물을 받았다고 밝혔다.

이런 사실이 밝혀지면서 정부는 몰락했고, 브라질의 전직 대통령과 에콰도르의 부통령은 수감되었다. 페루 대통령은 사임해야 했고, 그 외 수십 명의 정치인과 기업 임원이 철창신세를 졌다. 부패 스캔들은 유럽과 아프리카에까지 영향을 미쳤다. 미국 법무부는 이 스캔들이 '외국에 뇌물을 준 사례로는 역사상 가장 거대한 규모'라고 밝혔다. 이 사건이 너무나 충격적이었기 때문에 2017년 말루프가 마침내 체포되었을 때는 아무도 눈 하나 깜빡하지 않았다.

견고함에서 비옥함으로

부정부패는 단순히 세금을 도둑질하는 차원에서 끝나지 않고 환경 범죄를 부추기기도 한다. 사회적인 효과가 미심쩍은 사업을 진행해 수십억 톤의 이산화탄소를 배출하고, 벨루 몬치 댐 사례처럼 지역 주민들이 반대하고 환경 관련 허가 당국도 깊은 우려를 표하는 사업을 강행하는 것이다.

위험성이 점점 명백해지고 있음에도 불구하고, 이런 패턴은 반복되고 있다. 인도와 인도네시아는 이제 막 고도의 콘크리트 발전 국면에 접어들고 있다. 향후 40년 동안 전 세계에서 새로 지어지는 면적은 두 배가 될 것으로 예상된다. 그

중 일부는 보건적인 측면에서 혜택을 주기도 할 것이다. 환경 과학자 바츨라프 스밀Vaclav Smil은 전 세계 극빈층 가정의 흙바 닥을 콘크리트로 대체하면 기생충 감염을 거의 80퍼센트까 지 줄일 수 있을 것으로 추산한다. 하지만 콘크리트를 실은 손 수레들이 이 세계를 생태계 붕괴로 더 가까이 몰아붙이고 있 는 것 역시 사실이다.

영국 왕립 국제 문제 연구소 채텀 하우스Chatham House는 도시화, 인구 증가, 경제 발전으로 인해 전 세계 시멘트 생산 량이 매년 40억~50억 톤가량 증가할 것이라고 예측한다. 경 제 및 기후에 관한 글로벌 위원회Global Commission on the Economy and Climate에 따르면, 만약 개발 도상국이 인프라 설비를 현재 의 전 세계 평균 수준으로 늘린다면 건설 부문은 2050년까지 4700억 톤의 이산화탄소를 배출하게 된다.

이는 기후 변화에 관한 파리 협정을 위반하는 것이다. 전 세계 모든 정부는 지구 기온 상승을 섭씨 1.5도에서 2도 이내 로 제한하기 위해 시멘트 산업의 연간 탄소 배출량을 2030년 까지 최소 16퍼센트 감축하는 것에 동의했다. 게다가 시멘트 생산량 증가는 인간 복지에 필수적인 생태계에 현재보다 훨 씬 심한 압박을 가하게 될 것이다.

위험이 감지되고 있다. 채텀 하우스에서 작년에 발간한 보고서는 시멘트의 생산 방식을 재고할 것을 촉구한다. 탄소 배출을 줄이기 위해 훨씬 더 많은 재생 자원을 사용하고, 에너지 효율을 개선하며, 클링커를 대체하는 물질을 더 많이 사용해야 한다고 권한다. 가장 중요한 것은 탄소 포집 및 저장 기술을 보다 넓게 적용하는 것이다. 돈이 많이 들고, 아직 산업계에서 상용화할 수준에는 이르지 못한 기술이지만 말이다.

건축가들이 제시하는 해답은 건물의 거품을 제거하고, 가능하다면 집성 교차목Cross Laminated Timber, CLT과 같은 대체 재료를 사용하는 것이다. 건물의 외관만을 우선적으로 생각하는 것을 멈추고, 콘크리트의 시대에서 벗어나야 할 때라고 앤서니 시슬턴Anthony Thistleton은 말한다.

그는 《건축 저널Architects Journal》과의 인터뷰에서 이렇게 말하고 있다. "콘크리트는 아름답고 용도도 다양하지만, 불행하게도 환경의 모든 부분에 악영향을 미칩니다. 우리는 우리가 사용하는 물질의 영향력에 대해 생각해야 할 책임이 있습니다."

하지만 엔지니어들은 별다른 대안이 없다고 말한다. 강철과 아스팔트, 석고 보드를 만드는 데에는 콘크리트보다 훨씬 더 많은 에너지가 소모된다. 전 세계의 숲은 목재 수요가 특별히 늘어나지 않았음에도 불구하고 이미 우려스러울 만큼 빨리 줄어들고 있다.

리즈대학교의 재료구조학 교수 필 퍼넬Phil Purnell은 세계가 '콘크리트 정점'에 다다르는 순간이 오지 않을 것 같다고 말한 바 있다. "(콘크리트의) 원재료는 사실상 무한하고, 도로든 교량이든 우리가 필요한 것들을 건설하는 한 수요가 있을 겁니다. 다른 어떤 재료와 비교해 봐도 콘크리트가 가장 에너지를 적게 소모하는 재료입니다."

대신 그는 기존 구조물을 더 잘 유지하고 보존해야 한다고 말한다. 만약 그럴 수 없다면 재활용을 해야 한다. 현재 콘크리트 폐기물은 매립지로 향하거나 부서져서 골재로 재사용된다. 퍼넬은 이 과정이 더 효율적으로 바뀌어야 한다고 말한다. 콘크리트 패널에 ID 태그를 삽입하면 필요한 곳을 찾아 재사용할 수 있다는 것이다. 퍼넬의 리즈대학교 동료들은 포틀랜드 시멘트를 대체할 수 있는 물질을 찾고 있다. 배합을 다르게 하면 접합재의 탄소 발자국을 최대 3분의 2까지 줄일 수 있다고 그들은 말한다.

무엇보다 중요한 것은 개발 모델 위주의 사고방식을 바꾸는 일이다. 개발 모델은 살아 있는 자연을 건축된 환경으로, 자연에 기반한 문화를 데이터가 주도하는 경제로 바꿔 놓았다. 변화를 위해서는 콘크리트 위에 축조된 권력 구조에 제동을 걸고, 견고함보다는 비옥함이 성장을 위해 더 중요한 기반이라는 사실을 인식해야 한다.

저자 다르 자메일(Dahr Jamail)은 미국의 프리랜서 언론인이다. 이라크 전쟁 등 미국 외교 정책을 오랜 기간 취재해 왔다. 현재는 기후 파괴와 환경 문제에 관심을 갖고 있다. 《The Guardian》, 《Foreign Policy in Focus》, 《Le Monde》, 《Le Monde Diplomatique》, 《The Huffington Post》, 《The Nation》, 《The Independent》, 《Al Jazeera》 등에 다수의 칼럼을 기고했다. 저서로는 《이라크의 대량 살상 무기》, 《빙하의 종말》 등이 있다.

역자 전리오는 서울대학교에서 원자핵공학을 전공했다. 대학 시절 총연극회 활동을 하며 글쓰기를 시작해 장편 소설과 단행본을 출간했다. 음악, 환경, 국제 이슈에 많은 관심이 있으며 현재 소설을 쓰면서 번역을 한다.

5

빙하가 녹은 뒤

크레바스 아래에서 올려다본 빙하

추락하던 그 짧은 순간에도, 나는 빙하의 얼음 속에서 영겁의 시간에 걸쳐 위로 솟구치고 있던 푸른색 얼음 줄기를 볼 수 있었다. 나는 아주 깊이 떨어졌는데, 하마터면 등반 동료인 션 Sean까지도 크레바스 안으로 떨어질 뻔했다. 산에서 죽는다는 건 이런 거구나 하는 소리가 머릿속에서 들렸다.

이런 생각이 스치고 지나가자마자, 등반 로프가 내 클라이밍 벨트를 강하게 튕겨 올렸다. 나는 위아래로 무기력하게 요동을 치고 있었다. 마치 로프 안에 내재된 물리 역학이 저절로 발현되고 있는 것 같았다. 빙하 위에서 버티고 서 있던 션이 가까스로 내 상태를 확인했다.

나는 머리칼과 팔뚝과 가슴 위로 쏟아진 눈덩어리들을 털어 내고 윗옷 소매를 걷어 내렸다. 클라이밍 바지 주머니에서 빠져나와 대롱대롱 매달려 있던 빙하용 선글라스는 안쪽으로 집어넣었다. 몸에 부상이 있는지 살펴봤는데, 놀랍게도 다친 곳은 없었다. 션이 버티고 있는 내 몸무게의 부담을 줄여 주기 위해 주위를 둘러봤지만, 발을 디딜 만한 곳이 보이지 않았다. 이래서는 션이 나를 끌어 올릴 도르래를 설치할 수 없었다.

아래를 내려다보았다. 시커먼 암흑이었다. 나는 바로 눈앞의 푸른 얼음을 쳐다보고, 숨을 깊이 들이마신 후 내가 발을 빠트린 작은 구멍을 올려다보았다. 크레바스 위를 스노우 브릿지(빙하의 크레바스 위에 눈이 쌓여 다리처럼 형성된 것)가 가로 지르고 있었는데, 나는 그 사이로 떨어졌다. 그런 스노우 브릿지는 우리가 추가치Chugach 산맥의 마커스베이커산Mount Marcus Baker으로 가면서 마타누스카 빙하Matanuska Glacier를 오를 때에도 아무런 사고 없이 건넜던 것이었다.

"한 번만 더 아래를 내려다보면 그때는 끝장이야." 나는 나 자신에게 큰 소리로 말했다.

아래에서는 적막하고 거대한 구덩이가 입을 벌린 채로 모든 것을 집어삼키고 있었다. 소리까지도 말이다. 복부에 압박감이 느껴졌다. 나는 숨을 쉬어야 한다는 사실을 떠올렸다.

"션, 괜찮아?" 나는 위로 올라갈 준비를 하기 위해 기계식 등강기를 로프에 고정시키며 외쳤다.

"어, 괜찮아. 근데 나도 거의 끝에 매달려 있어." 그가 대답했다. "앵커를 박을 수가 없어서 다른 사람들이 올 때까지 기다려야 할 것 같아."

시간이 흘러갔다. 저체온증이 시작되어 이따금 내 의지와 상관없이 몸이 부들부들 떨렸다. 그렇게 매달려 있는 동안, 나는 죽음에 대한 공포를 잊기 위해 바로 앞에 있는 얼음을 가만히 바라보았다.

빙하 맨 꼭대기 근처의 조금 더 밝은 얼음 안에는 공기층이 있었다. 그 공기층은 아주 오래전에 그 안에 갇혔을 것이고, 수많은 시간이 흐른 지금은 만년설 아래의 청록색 얼음에 아름다운 매력을 더해 주고 있었다. 크레바스의 조금 더 깊은 곳에는 네안데르탈인이 출현하기도 전부터 존재했던 얼음이 보였다.

나는 선이 끌려 내려오지 않도록 가만히 매달려 있었다. 눈앞의 얼음에 온 신경을 집중하면서 골똘히 생각에 잠겼다. 저 위에서부터 잔잔하게 굴절되어 들어온 태양빛이 어떻게 해서 이 완벽하게 매끈한 빙벽 속으로 스며들어 비추고 있는지에 대해서 말이다. 그 안을 들여다보면 푸른 빛깔이 끝없이 깊게 이어지고 있었다. 목숨이 위태로운 상황이었지만, 빙하의 아름다움은 경이 그 자체였다.

마침내 우리 팀의 다른 동료 두 명이 도착해서 선을 끌어 올렸다. 선은 크레바스 가장자리에서 겨우 15센티미터만을 남겨 두고 버티던 중이었다. 셋은 삼방향 도르래를 설치했다. 동료들이 힘을 합해서 한 번에 조금씩 나를 끌어당기기 시작했다. 거의 무덤에 파묻혔던 나를 다시 파내는 작업이라고 할 수 있었다. 빙하의 위쪽으로 조금씩 가까워지면서 얼음 안의 푸른 음영이 미세하게 변화하는 것을 느낄 수 있었다.

동료들이 크레바스 입구까지 나를 끌어 올렸다. 나는 계속해서 얼음도끼를 눈 속에 처박으면서 겨우 빠져나왔다. 빙하의 위에 있다는 것이 그렇게 감사했던 적은 없었다. 나는 일어서서 서쪽에 있는 산과 그 뒤로 저물어 가는 태양을 바라보았다. 산마루 한쪽에서 피어오른 눈보라가 저무는 태양에 물들어 붉은 리본을 만들었다. 눈송이들이 마치 우주를 유영하듯 반짝거렸다.

안도감으로 몸이 떨렸고, 나는 감사한 마음에 소리를 질렀다. 그저 살아 있다는 것에 압도되어, 그리고 산악 세상의 아름다움에 둘러싸인 채로, 등반 동료들을 한 명 한 명 끌어안았다. 내가 죽음에 얼마나 가까이 가 있었는지 그제야 뼈저리게 느껴졌다.

이 사고가 있었던 건 2003년 4월 22일이다. 지나고 나서 보니, 내가 그때 느꼈던 그 특별했던 감흥이 조금씩 부서져 나가고 있다는 생각이 든다. 그때 보았던 얼음들은 당시에도 이미 사라져 가고 있는 중이었기 때문이다. 알래스카에서 7년 동안 등반을 했던 나는 인간이 초래한 기후 파괴의 극적인 순간을 맨 앞에서 지켜본 관객이었다. 매년 우리는 빙하의 앞부분이 점차 줄어드는 걸 발견했다. 매년 이 빙하 위에서 열리는 얼음 등반 축제 시즌이 되면, 빙하의 말단 부분이 점점 더 후퇴해서 우리는 딱딱하게 얼어 있는 진흙길을 점점 더 걸어가야 했다. 매년 등반인들이 차를 세워 놓는 주차장의 위치는 빙하 쪽으로 점점 더 가까이 이동했으며, 기존에 주차장으로 활용되던 얼음이 사라진 자리는 빙하에서 점점 더 멀어졌다. 북

아메리카에서 가장 높은 6000미터 이상의 산봉우리들로 이뤄진, 북극권에서도 400킬로미터 정도 떨어져 있는 데날리 Denali 국립 공원에서도 이미 2003년부터 변화가 시작되고 있었다. 빙하의 얼음이 빠른 속도로 사라져 가고 있었던 것이다.

눈이 없는 에베레스트

우리의 지구는 빠르게 변해 가고 있다. 지금 우리가 목격하고 있는 것은 인류의 역사나 지질학의 역사에도 없던 일이다. 이산화탄소와 메탄이라는 온실가스가 열을 가둔다는 사실은 이미 수십 년 전에 과학적으로 밝혀졌다. 그리고 나사NASA의 발표에 따르면 "온실가스의 수준이 증가하게 되면 그 영향으로 지구가 따뜻해진다는 사실에는 의심의 여지가 없다." 온실가스 배출은 자연스런 과정보다 10배나 빠르게 지구를 덥히고 있고, 이러한 결과는 지구 생물권 전반에 걸쳐 체감되고 있다.

대양의 수온은 전례 없이 빠른 속도로 오르고 있고, 발생 빈도와 피해 규모가 점점 증가하는 가뭄과 산불은 지구촌 곳곳의 삼림을 없애고 있으며, 지구의 빙하권(온도가 극히 낮아서 물이 얼음이나 눈 등으로 얼어붙는 지역)에서는 미증유의 가속도로 얼음이 녹고 있다. 북극 바닷속 영구 동토층이 해빙기를 맞으면서 옛날부터 그 안에 갇혀 있던 메탄가스가 이제 녹아서 배출될 텐데, 이는 인류가 대기 중에 배출했던 이산화탄소 전체 배출량보다 몇 배나 많다. 그 결과는 대재앙으로 이어질 것이다.

기후 파괴는 허리케인이나 홍수 범람과 같은 극단적인 기상 현상을 동반하기도 한다. 예를 들어 따뜻한 공기는 더 많은 수분을 포함하고 있는데, 이는 2017년 여름에 휴스턴을 직격했던 허리케인 하비와 같은 거대하고 심각한 강우 현상의 발생 빈도를 증가시키게 된다. 허리케인 하비가 쏟아부은 비의 양은, 지구의 지각 전체를 2센티미터 두께로 덮을 수 있을 만큼 엄청난 양이었다.

약 300만 년 전의 플라이오세Pliocene 시대 이후로 지구의 대기에 지금처럼 이산화탄소가 많았던 적은 없다. 현재의 이산화탄소 중 4분의 3은 500년 후에도 남아 있을 것이다. 이산화탄소 배출로 인한 온실 효과가 본격적으로 나타나려면 아직도 10년을 더 기다려야 한다. 지금 당장 모든 온실가스 배출을 중단한다고 하더라도, 현재 대기 중의 온실가스가 해양으로 흡수되기까지는 2만 5000년이 걸린다.

기후 파괴는 예전보다, 그리고 예상보다 더 빠른 속도로 진행되고 있다. 기록이 시작된 이래 가장 더웠던 연도를 18개 꼽으면, 그중에서 17번이 2001년 이후에 기록된 것이다. 지구가 과열되었다는 고통스러운 신호는 뉴스와 연구 자료, 그리고 매일매일 증가하는 날씨 경보와 같이 우리 주위에서 흔하게 접할 수 있다. IPCC가 기온이나 극한의 기상 현상, 해수면 수위, 그리고 대기 중의 이산화탄소의 양에 대해 예측한 최악의 시나리오조차도 실제 현실을 따라잡지 못하고 있다. 헤아릴 수 없는 빙하와 강, 호수, 숲, 그리고 수많은 생명종들이 예전에 볼 수 없었던 속도로 이미 사라져 가고 있는데, 이 모든 결과는 지구의 평균 기온이 산업화 이전보다 '겨우' 섭씨 1도 상승해서 벌어진 일이다. 어떤 과학자들은 2100년이 되면 10도 정도까지 더 상승할 수도 있다고 예측한다. 나사 고다드 우주 연구소Nasa's Goddard Institute for Space Studies의 전직 소장이었던 제임스 핸슨James Hansen이 이끈 연구에 따르면, 지금까지 진행된 기온 상승만으로도 이미 남극과 그린란드 모두에서 얼음층이 녹는 것을 막을 수 없는 수준이다.

기후가 파괴된 오늘날의 세상에서 산에 오른다는 것은 이전과는 전혀 다른 노력이 필요한 일이 되었다. 빙하들은 바로 우리의 눈앞에서 사라져 가고 있고, 전례 없는 수준으로 줄고 있으며, 역사를 통틀어 가장 빠르게 녹아내리고 있다. 캐나다 서부에 존재하는 빙하의 70퍼센트가 2100년이 되면 사라질 것으로 예상된다. 몬태나주 빙하 국립 공원에는 2030년이 되면 더 이상 빙하가 남아 있지 않을 가능성이 크다. 마타누스카 빙하의 선사 시대 얼음은 이미 빠르게 사라지고 있다. 지구의 가장 높고 추운 지역에서도 이런 극적인 변화는 벌어지고 있다. 에베레스트산조차도 변해 가고 있는데, 2100년이 되면 히말라야 전역에 있는 수천 개의 빙하들 중에서 99퍼센트가 사라질 가능성이 있다. 오늘날 태어나는 아이들은 아마도 눈이 거의 남아 있지 않은 에베레스트의 모습을 보게 될 것이다.

알래스카에서 보낸 10년

나는 1996년부터 10년 동안 알래스카에 살면서, 그곳의 빙하 위에서 시간을 보냈다. 아주 초기였던 1990년대 말, 겨울 휴가철이었음에도 앵커리지Anchorage의 땅 위에는 거의 눈이 쌓여 있지 않았다. 친구와 함께 빙벽을 오르곤 하던 폭포가 겨울에도 거의 얼지 않는 경우도 있었다. 정상에 오르기 위해서 가로지르곤 했던 빙하들이 해가 갈수록 줄어드는 걸 볼 수 있었다.

네팔의 성스러운 산인 마차푸차레Machapuchare는 안나푸르나 보호 구역의 동쪽 경계에 불쑥 솟아 있다. 나는 어린 시절에 지리 교과서에서 이 산 정상의 사진을 접하자마자 그 경이로움에 사로잡혔다. 물고기의 꼬리처럼 생긴 정상 주위의 깎아지른 능선은, 종잇장처럼 가는 바위의 날들이 양쪽으로 가파르게 흘러내리는 형태로 봉우리 능선을 형성하고 있다. 이 산의 꼭대기는 데날리 정상보다 800미터 정도 높은데, 가장 경이로운 모습의 산봉우리 중 하나라고 할 수 있다. 그야말로 자연이 빚어낸 걸작이다.

나는 열 살 때 콜로라도의 로키산맥을 처음 보았다. 석양에 비친 모습에 압도당했다. 세월이 흘러 알래스카로 여행을 가서 데날리 국립 공원 및 보존 지구까지 짧은 거리를 운전해서 갔다. 오후의 구름이 일부 걷히면서 데날리 정상의 위용이 드러났을 때, 나는 그 경이로움에 감탄할 수밖에 없었다. 알래스카로 이사를 하고 1년 뒤, 나는 속세의 폭력과 속도와 탐욕으로부터 떨어져 홀로 서 있는 이 성역에 오르기 위해 필요한 등반 기술을 스스로 연마하기 시작했다. 당시 나의 감정은 스코틀랜드 태생의 미국인 박물학자이자 작가이며 철학자인 동시에 자연 보호 운동의 선구자였던 존 뮤어John Muir의 글로 대신하고자 한다. "나는 소중한 날들을 잃어버리고 있다. 나는 돈벌이 기계로 전락해 가고 있다. 나는 남자들의 이 하찮은 세계에서 아무것도 배우는 것이 없다. 나는 이곳을 박차고 산으로 올라가서 새로운 것들을 배워야만 한다."

빙하는 본질적으로 유예된 에너지이며 유예된 힘이다. 어떤 의미로 보자면, 시간 속에 얼어붙은 생명이다. 하지만 이제 그들은 스스로 시간 밖으로 뛰쳐나오고 있다. 지구의 생태 환경은 인간이 만들어 낸 외상과 스트레스를 더 이상 견뎌 낼 수 없는 나머지, 이제 자유 낙하를 하고 있는 중이다. 마치 내가 크레바스 안으로 떨어지면서 빙하의 얼음 속에서 빛나고 있던 수백 년의 응축된 시간을 겨우 몇 초 만에 다 목격했던 것처럼, 자연계의 어떤 시대라는 것은 지질학적인 관점에서 보자면 찰나에 불과해서 순식간에 잊히고 말 것이다.

현대적인 생활은 시간과 공간을 압축하는 것이라고 할 수 있다. 우리는 겨우 몇 시간 만에 지구를 가로지를 수도 있고, 클릭 한 번으로 정보를 얻을 수도 있다. 이처럼 우리가 원하는 것을 언제든지 바로 얻을 수 있게 하려면, 우리의 생활을 가능하게 해주는 지구라는 행성의 본연적인 속성을 완전히 거슬러야 한다.

내가 야생과 산 속으로 모험을 떠난 것은, 시간과 공간에게 본연적인 속성을 되돌려 주기 위한 것이 가장 큰 이유였다. 정신없이 바쁘게 돌아가는 현대의 삶은 지구에 파괴적인 영향을 끼치고 있다. 인류는 지표면 위 얼음이 없는 땅의 절반을 바꾸어 놓았다. 우리는 대기의 성분과 생명이 태어난 대양의 화학 성분을 바꾸어 놓았다. 우리는 이제 지구 표면을 흐르는 깨끗한 물의 절반 이상을 손쉽게 사용하고 있으며, 세계의 주요한 강들 대부분은 댐으로 막혀 있거나 물줄기의 방향이 바뀌었다.

하나의 종으로서 우리 인간은 지구 공학의 미래라는 우리 스스로 파놓은 깊은 구렁 위에 매달려 있다. 우리는 고집스럽고 탐욕스러운 입맛으로 자연 그 자체를 먹어 치우고 있다. 우리는 자연이 보내는 경고들에 주의를 기울이지 않았다. 그리고 그 경로 위에는 구조팀이 존재하지 않는다.

얼지 않은 바다

나는 2017년 7월 말 알래스카의 북부 해안으로 날아갔다. 도
착하고 며칠이 지나 북극해를 따라 아침 산책을 했다. 유일하
게 변하지 않은 것이라면 부츠를 신고 서 있는 해변과 걸음을
옮길 때마다 바스락거리는 소리를 내는 작은 돌들이었다. 북
극점으로부터 겨우 2092킬로미터 떨어진 이곳에서는 여름이
면 해가 지지 않는다. 시간은 하염없이 지속된다.

이 지역에 남아 있는 여러 오래된 마을 중 하나인 우투
키아비크Utqiagvik는 미국 영토의 최북단이다. 이곳의 원주민인
이누피아트Iñupiat들은 툰드라의 경계와 바다에서 고래와 새들,
그리고 부빙들과 함께 사는 법을 배워 왔다.

나는 55살의 마빈 카나유라크Marvin Kanayurak를 만났다.
그도 부모처럼 이곳에서 나고 자랐다. 그는 고래잡이 어부이
자 의용 구조대원이다. 그는 바다에서 두 개의 부빙이 부딪쳐
형성되는 얼음 산등성이에 대해 이야기를 해주었다. 예전에
는 겨울이면 이런 얼음 산등성이가 15~18미터 정도로 높았
는데, 이제는 '운'이 좋아야 6미터 정도 되는 능선을 찾을 수
있다고 한다. 예전에는 봄철에도 얼지 않은 바다로 나가려면
얼음을 가로질러 2주 동안 지도를 보면서 걸어가야 했다. 이

제는 얼지 않은 바다가 훨씬 가까이에 있어서, 겨우 며칠이면 닿을 수 있다.

　카나유라크는 한때 마을에서 무덤 파는 일을 도왔다고 한다. 영구 동토층이 눈 덮인 표면에서 3~3.5미터 아래에 있었기 때문에, 무덤 하나를 파기 위해서는 얼음송곳으로 사흘 동안을 쪼아 대야 했다. 이제 영구 동토층은 눈 표면에서 겨우 1~2미터 아래에 있고 얼음도 부드러워져서, 무덤 하나를 파는 데 몇 시간이면 충분하다고 한다.

　영구 동토층이란 2년 이상 계속해서 얼어 있는 지층을 말한다. 그 안에는 죽은 식물들과 수 세기 전에 대기에서 스며든 이산화탄소가 흡수되어 있다. 그리고 부패가 시작되기도 전에 얼어붙었다. 이곳이 해빙되면 미생물 활동으로 인해 많은 양의 유기물들이 메탄과 이산화탄소로 바뀌어 대기 중으로 다시 방출될 것이다. 나사의 보고서에 따르면, 지난 수십만 년에 걸쳐서 "북극 영구 동토층의 토양에는 엄청난 양의 유기 탄소들이 축적되어 왔다." 그 양은 1400~1850기가톤gigatonnes 으로 추정된다. 참고로 지구 대기의 탄소량은 850기가톤이다.

　지구의 토양 안에 존재하는 전체 유기탄소 추정량의 거의 절반이, 해빙에 취약한 토양의 3미터 깊이에 대부분 매장되어 있는 것이다. 과학자들도 이제는 북극의 영구 동토층이 그 이름과는 다르게 영구적이지는 않다는 것을 깨닫고 있다.

영구 동토층이 해빙되면서 방출될 탄소의 양은 연간 15억 톤에 이를 것으로 추정되는데, 미국이 1년 동안 화석 연료를 연소시켜 배출하는 탄소량과 거의 비슷하다. 국립 빙설 데이터센터National Snow and Ice Data Center의 과학자인 케빈 셰퍼Kevin Schaefer 박사는 영구 동토층에서의 '탄소 배출로 인한 지구 표면의 온도 상승PCF'을 분석하고 있다. 그는 PCF를 2100년까지 0.2도 또는 그 이상으로 예측한다. 이는 대기 온도 상승을 2도로 제한한다는 목표가 이루어진다고 하더라도, PCF만으로도 장기적인 기후에 심각한 영향을 미친다는 것을 의미한다.

우투키아비크에 있는 동안, 나는 알래스카 페어뱅크스 대학교University of Alaska Fairbanks의 지구 물리학자이자 영구 동토층 전문가인 블라디미르 로마노프스키Vladimir Romanovsky 박사와 이야기를 나누었다. 그의 연구실은 매년 전 세계 다양한 지역의 온도 데이터를 수집하고 있다. 주로 알래스카와 캐나다, 러시아의 데이터들이다.

로마노프스키 박사는 말한다. "해빙점에 가까워지면 영구 동토층은 불안정해집니다. 영구 동토층 연구에서 가장 중요한 데이터는 이겁니다. 어떤 온도까지 얼마나 안정적일 것인가?"

그의 연구실이 확보한 데이터의 규모는 독보적이어서 폭넓은 지역에 대한 거의 40년 동안의 기록들을 가지고 있다. 그는 온도가 변화하는 양상을 보여 주는 영구 동토층 온도 모델을 만들었다.

알래스카의 노스슬로프North Slope에서 일어났던 영구 동토층의 변화는 세계의 온도가 극적으로 상승한 데 따른 것이었다. 로마노프스키 박사는 이곳에서만 35년째 온도를 측정하고 있는데, 지표면 20미터 아래의 온도가 처음 측정했을 때보다 3도 올랐다고 한다. 지표면 아래 1미터 지점에 있는 영구 동토층 경계면의 평균 온도는 1980년대 중반보다 무려 5도나 상승했다. 이제 조금만 상승해도 영구 동토층의 온도는 0도에 이르게 된다. 그 선을 넘는다는 것은, 이제 영구 동토층이 해빙되기 시작한다는 걸 의미한다.

과학자들은 노스슬로프 지역의 영구 동토층은 안정적이며, 이번 세기 안에 해빙이 시작되지는 않을 것이라고 믿어 왔다. 로마노프스키 박사는 말한다. "하지만 기록을 보세요. 지금까지의 추세가 계속된다는 가정하에 30년 후를 추정해보면, 늦어도 2050년이나 2060년이면 노스슬로프 영구 동토층의 온도가 0도를 돌파하게 됩니다. 아무도 이걸 예상하지 않았어요. 이런 일이 이렇게 빨리 벌어지게 된다는 사실에 대부분의 사람들이 놀라겠죠."

셰퍼 박사 또한 영구 동토층의 해빙이 북극권의 사회 시설과 사람들에게 미칠 영향에 대해 우려를 표했다. "영구 동토층의 해빙은 북극권의 환경과 삶의 방식에 있어서 급격한 변화를 의미합니다. 그로 인한 사회적 비용이 얼마가 될지는 알 수 없어요." 그에게 알래스카 북부 해안 마을 전체는 아니더라도 대부분의 주민을 이주시켜야 하는 상황이 올 거라고 생각하는지 물었다. 그는 이렇게 말했다. "해수면이 상승하고 영구 동토층이 녹게 되면, 해빙으로 인해 주요 시설들이 파괴될 것입니다. 보수를 하거나 옮겨 가야겠죠. 마을 전체에 피해가 올 수도 있습니다. 바다 바로 옆에 마을이 있었는데, 그곳이 녹기 시작한다면 이주를 해야 하겠죠. 이건 알래스카 내륙의 강 주변을 따라서 이미 벌어지고 있는 현상입니다. 그리고 북극권 전역에서 이런 일이 일어나고 있습니다."

북극권의 도로와 철도, 기름과 가스 수송 시설, 공항, 항구, 이 모든 것들은 영구 동토층이 계속 얼어 있을 것이라는 가정하에 건설되었다. "영구 동토층은 얼어 있을 때는 단단한 것이었지만, 해빙이 되면 진흙으로 바뀔 겁니다. 그러니 이런 사회 시설들에 많은 피해가 발생할 거라는 걸 쉽게 알 수 있죠." 셰퍼 박사의 말이다.

메릴랜드 주립 대학교 볼티모어 카운티 물리학과의 선임 연구원이자 지구 시스템 테크놀로지 합동 센터Joint Center for Earth Systems Technology에서 일하고 있는 레오니드 유르가노프Leonid Yurganov 박사는 북극권 메탄량 원격 측정의 전문가다. 그의 연구팀은 북극의 광범위한 지역에서 메탄의 양이 장기간에 걸쳐 증가하고 있다는 사실을 이미 포착했다. 그리고 메탄이 빠른 속도로 빠져나오게 된다면 지표면 근처의 기온에 영향을 주고 북극권의 온난화를 가속시킬 것이라고 경고한다. "지구의 대기는 북극과 적도 사이의 온도 차로 인해서 서쪽에서 동쪽으로 움직입니다. 차이가 줄어들게 되면, 서에서 동으로의 공기 이동이 느려지고, 북에서 남으로의 기류가 강해지게 됩니다. 그러면 중위도에서는 날씨가 요동을 치게 될 겁니다."

그렇게 된다면 '전 세계 모든 곳에서' 기후가 변하게 될 것이다.

지구에 대한 의무

우투키아비크를 떠나고 이틀이 지나, 나는 앵커리지에서 시애틀에 있는 집으로 날아왔다. 착륙하기 45분 전 우리가 탄 비행기는 브리티시컬럼비아 위의 1만 미터 상공을 날고 있었는데, 발아래의 146군데에서 발생한 산불로 인해 비행기는 회갈색 연기구름 속을 통과해야 했다. 그 시각 산불은 2428제곱킬로미터의 면적을 불태웠고, 7000명의 주민들이 대피해야 했다. 시애틀에 착륙할 때에도 도시가 연기에 휩싸여 있었기 때문에, 우리는 갈색 연기를 뚫고 하강해야 했다.

며칠 후 미국 13개의 연방 기관에 소속된 과학자들이 작성한 보고서 초안이 유출되었는데, 최악의 경우 북극권에서 2071년부터 2100년 사이에 7.78도가 상승하는 온난화가 일어날 수 있다고 경고하는 내용이었다. 또한 북극에서 10년 마다 북극해를 뒤덮고 있는 얼음 면적의 3.5퍼센트가 사라지고 있고, 9월의 북극해 얼음 면적은 10년마다 10퍼센트 이상 줄어들었으며, 지표면의 얼음은 점점 더 빠른 속도로 사라지고 있고, 북극권의 따뜻해진 기온의 영향으로 인해 혹독한 겨울 폭풍이 증가하고 있다고 분석했다.

음울한 소식은 끝이 없었다. 알래스카의 노스슬로프에서는 1년 중 눈이 내리지 않는 기간이 길어지고 있었다. 2016년은 기상 관측이 시작된 이후의 115년 중에서 눈이 덮이지 않는 기간이 가장 길었던 해로 기록되었는데, 이는 지난 40년 동안의 평균보다 45퍼센트 늘어난 수치였다. 우투키아비크의 10월 기온은 1979년에서 2012년 사이에 7.2도라는 경이적인 수준으로 상승했다.

우리는 대량 멸종의 시대를 이미 마주하고 있다. 우리가 만들어 낸 열은 그대로 대양으로 흘러 들어가며, 우리가 뿜어내는 이산화탄소는 매년 400억 톤씩 대기 중으로 분출된다. 지금의 상황이 변하지 않는다면, 훨씬 더 끔찍한 일이 벌어질 것이다. 그렇다면 우리는 이런 상황에 어떻게 맞서야만 하는가?

많은 사람들과 마찬가지로, 나도 이 시기에 무엇을 해야 하는지를 생각해 왔다. 우리 모두는 이제 우리가 초래한 결과에 대해 진실하면서도 자연스러운 대응 방법을 찾아야 한다.

나는 브라질에 있는 친구인 카리나 미오토Karina Miotto와 같은 사람들에게서 용기를 얻는다. 그녀는 생애 전부를 아마존을 지키는 데 헌신해 왔다. 그녀가 사랑하는 밀림에서 삼림벌채가 증가했다는 보도가 나올 때마다 그녀는 슬픔에 잠긴다. 하지만 그때마다 그녀는 자신과 공동체 안으로 더 깊숙이 들어가 자신이 살고 있는 지구의 일부에 대한 애정을 더욱더 키워 나가며, 아마존을 지키기 위해 다음에 무엇을 할 것인지에 대해 고민한다. 나는 카리나와 같은 사람들이 수백만 명 있다는 사실에 위안을 받는다. 특히 젊은 세대들이 지구라는 행성을 아주 소중하게 생각하면서 굳건하게 자리를 지키고 있다는 사실에서 그런 위안을 느낀다.

나는 산과 대화를 하고 있을 때 지구와의 깊은 유대감을 발견한다. 나는 20대 초반에 콜로라도로 이주해서 산에 둘러싸여 살았다. 그곳에서 산과의 관계가 깊어졌고, 그들의 목소리가 정말로 들리기 시작했다. 나는 밖으로 나가서 산봉우리들 사이에서 몇 시간 동안이고 산을 바라보면서 그냥 앉아 있었다. 그리고 일기장에 그들에 관한 이야기를 적어 내려갔다. 오늘날 나는 내가 해야 할 일이 그들의 목소리를 더욱 깊이 새겨 듣는 방법을 배우고, 역시나 그 목소리를 듣는 사람들과 함께 그들의 이야기를 널리 공유하는 것이라는 걸 직감하고 있다.

서구의 식민주의 문화에서는 '권리'를 믿는 반면, 많은 원주민 문화에서는 우리가 태어나서 해야 할 '의무'에 대해 가르친다. 우리의 앞에 왔던 사람들, 우리의 뒤를 이을 사람들, 그리고 지구 그 자체에 대한 의무다. 그렇다면 나의 의무는 어떤 것일까 하는 질문을 던져 보았는데, 그 답을 찾는 과정에서 보다 궁극적인 질문이 생겨났다. 이 지구에 무슨 일이 일어나고 있는지를 알고 있는 지금 이 순간부터 나는 일생 동안 어떻게 헌신해야 하는가 하는 것이다.

주

1 _ 주택 지역의 도로변을 순회하면서 재생 자원을 수거하는 방식.

2 _ 아프리카 야자수 열매에서 얻는 오일이다. 야자오일, 야자유, 팜유라고도 불린다.

3 _ 런던 시내의 지명.

4 _ 1871년에 지어진 영국 런던 하이드 파크 남쪽 길 건너의 콘서트 홀.

5 _ Brian Resnick and Javier Zarracina, 〈All life on Earth, in one staggering chart〉, 《Vox》, 2018. 8. 15.

6 _ Michael Safi, 〈Villagers pay tragic price as Indian building boom drives demand for sand〉, 《The Guardian》, 2017. 12. 30.

7 _ 포틀랜드 시멘트는 가장 흔하게 볼 수 있는 일반적인 시멘트다.

8 _ 신하들과 바닷가 산책을 하던 중, 파도를 보고 멈추라고 명령했다가 멈추지 않는 파도에 휩쓸릴 뻔한 후 자신의 어리석음을 깨달았다는 일화가 있다.

9 _ 영화 《꿈의 구장(Field of Dreams)》에 나오는 유명한 대사.

북저널리즘 인사이드   더 나은 삶에는
의무가 필요하다

인류가 더 편하고 쾌적하게 살기 위해 만들어 낸 것들이 지구를 파괴하고 있다. 더 나은 삶을 위한 노력이 결과적으로는 우리 삶의 터전을 망가뜨리고 말았다.

플라스틱, 팜오일, 에어컨, 콘크리트는 삶의 질을 개선하기 위해 도입되었다. 플라스틱은 무엇이든 만들 수 있는 가볍고 저렴한 재료다. 팜오일은 건강에 악영향을 미치는 트랜스 지방을 훌륭하게 대체할 수 있는 식물성 지방인 데다 생산 비용도 저렴하다. 에어컨은 우리를 더위로부터 해방시켰고, 기후와 상관없이 대부분 지역에서 쾌적하게 살 수 있도록 해 주었다. 콘크리트의 견고함은 도시를 떠받치고 보호해 준다. 강이나 바다를 가로지르는 다리, 도시와 도시를 연결하는 도로를 만드는 최적의 재료다.

환경에 악영향을 미친다고 당장 이 재료들의 사용량을 줄이기는 어렵다. 유용하고 저렴한 특성 덕에 산업화와 도시화의 표준이 되었기 때문이다. 먼저 산업화한 국가들이 막대한 양을 써서 경제 발전을 이루어 놓고, 환경이 파괴되었다는 이유로 개발 도상국들의 사용을 막을 수는 없다. 이 재료들 없이는 쾌적한 삶도, 경제 발전도 사실상 불가능하다. 예를 들어 보자. 팜오일용 야자 생산은 개발 도상국의 빈곤을 해소해 주는 몇 안 되는 산업이다. 콘크리트를 사용한 경제 성장 모델은 여러 국가가 벤치마킹할 수밖에 없을 만큼 효과적이다.

더 나은 삶을 위한 노력이 환경 문제를 악화시키는 사례는 수없이 많다. 심지어 친환경 에너지도 환경을 파괴한다. 태양광 발전소는 저렴한 토지를 찾아 삼림의 나무를 베어 내고 태양광 패널을 설치한다. 지난해 한국에서만 태양광 발전소 건설로 2443만 제곱미터의 숲이 사라졌다. 축구장 3300개에 달하는 규모다.

한번 파괴된 환경은 지구의 다른 부분에 영향을 미치고, 문제는 점점 감당할 수 없을 정도로 커진다. 야자나무 재배를 위해 불타는 숲, 에어컨, 콘크리트 제조 과정에서 배출되는 온실가스로 지구 온도가 상승하면 빙하가 녹는다. 그리고 영구 동토층에 저장된 엄청난 양의 탄소가 배출될 것이다.

《가디언The Guardian》이 다각도에서 지적하는 문제점을 살피다 보면, 인간은 어떤 방식으로든 지구를 망칠 수밖에 없는 존재가 아닐까 하는 생각에 두려워지기도 한다. 환경 파괴의 악순환 구조를 알면 알수록 개인이 할 수 있는 일이 없을 것 같다는 무력감이 드는 것도 사실이다. 하지만 '빙하가 녹은 뒤'의 저자가 지적하듯, 지구에 무슨 일이 일어나고 있는지 아는 것은 문제를 해결하기 위한 첫걸음이다. 그러고 나서 우리가 할 수 있는 일을 고민하면 된다.

행동의 실마리는 반플라스틱 운동에서 찾을 수 있다. 플라스틱 문제의 심각성이 대중을 설득한 후 얼마 지나지 않아 우리는 스타벅스에서 플라스틱 빨대를 볼 수 없게 되었다. 이런 작지만 힘 있는 승리가 모이면 환경 파괴의 속도를 늦출 수 있을지도 모른다. 작은 실천을 지속하는 것은 우리가 발 딛고 살아가는 지구를 지키고, 더 나은 삶을 살기 위한 의무다.

소희준 에디터